Fate/Zero 1

フェイト／ゼロ

第四次聖杯戦争秘話

In the battleground, there is no place for hope. What lies there is just cold despair
and a sin called victory, built on the pain of the defeated.
The world as is, the human nature as always, it is impossible to eliminate the battles. In the e
killing is necessary evil-and if so, it is best to end them in the best efficiency and at the least co
least time. Call it not foul nor nasty. Justice cannot save the world. It is useless.

Cover Illustration/ Takashi Takeuchi (TYPE-MOON)
Coloring/ Shimokoshi (TYPE-MOON)
ACT Illustrations/ Shimokoshi (TYPE-MOON), IURO
Logo design/ yoshiyuki (Nitroplus)
Design/ Veia
Font Direction/ Shinichi Konno (TOPPAN printing Co.,Ltd)

星海社文庫

Fate/Zero 1

第四次聖杯戦争秘話

虚淵玄

Illustration/武内崇·TYPE-MOON

衛宮《えみや》切嗣《きりつぐ》
アインツベルンに雇われた“魔術師殺し”。

言峰《ことみね》綺礼《きれい》
異端を狩る聖堂教会の代行者。

遠坂《とおさか》時臣《ときおみ》
「根源」への到達を悲願とする魔術師の名門・遠坂家の現当主。

間《ま》桐《とう》雁《かり》夜《や》
家督の継承を放棄して間桐家を出奔した男。

アイリスフィール・フォン・アインツベルン
アインツベルン家が錬成したホムンクルス。切嗣の妻。

イリヤスフィール・フォン・アインツベルン
切嗣とアイリスフィールの娘。

ウェイバー・ベルベット
「時計塔」所属の見習い魔術師。聖遺物を師から奪い取り聖杯戦争に挑む。

ケイネス・エルメロイ・アーチボルト
「時計塔」所属のエリート魔術師。ウェイバーの師。

雨《う》生《りゅう》龍《りゅう》之《の》介《すけ》
純真無垢の快楽殺人者。

セイバー
騎士王。その正体はアーサー・ペンドラゴン。

アーチャー
英雄王。人類最古の英霊・ギルガメッシュがこの世に現界した姿。

ライダー
征服王。最果ての海《オケアノス》を目指し、古代世界に覇を唱えた古代マケドニア王国のイスカンダル王。

アサシン
暗殺者の起源とされる山の翁ハサン・サッバーハの英霊。

キャスター
自らを“青髭《あおひげ》”と名乗る英霊。その正体は――。

プロローグ

――八年前――

とある男の話をしよう。

誰よりも理想に燃え、それ故《ゆえ》に絶望していた男の物語を。


その男の夢は初々《ういうい》しかった。

この世の誰もが幸せであってほしい、と、そう願ってやまなかっただけ。

すべての少年が一度は胸に懐《いだ》き、だが現実の非情さを知るうちに諦《あきら》め、捨てていく幼稚《ようち》な理想。

どんな幸福にも代価となる犠牲《ぎせい》があるものと――その程度の理《ことわり》は、どんな子供も、大人になるまでのうちに弁《わきま》える。

だがその男は違った。

彼は誰よりも愚《おろ》かだったのかもしれない。どこか壊れていたのかもしれない。或いは聖者と呼ばれる類《たぐい》の、常識を逸《いっ》した天命を帯びていたのかもしれない。

この世のすべての生命が、犠牲と救済の両天秤《りょうてんびん》に載っているのだと悟《さと》り……

決して片方の計り皿を空にすることは叶わないのだと理解したとき……

その日から、彼は天秤の計り手たろうと志《こころざし》を固めた。

より多く、より確実に、この世界から嘆《なげ》きを減らそうと思うなら、取るべき道は他になかった。

一人でも多くの命が載った皿を救うため、一人でも少なかった方の皿を切り捨てる。

それは多数を生かすために、少数を殺し尽くすという行為。

ゆえに彼は、誰かを救えば救うほど、人を殺す術《すべ》に長《た》けていった。

幾重《いくえ》にも、幾重にも、その手を血の色で上塗りしていきながら、だが男は決して怯《ひる》まなかった。

手段の是非《ぜひ》を問わず、目的の是非を疑わず、ただ無謬《むびゅう》の天秤たれと、それだけを自らに課した。

決して命の量を計り違えぬこと。

ひとつの命に貴賤《きせん》はなく、老いも若きも問うことなく、定量のひとつの単位。

男は分け隔てなく人々を救い、同じように分け隔てなく殺していった。

だが彼は、気付くのが遅すぎた。

すべての人を等しく公平に尊《とうと》ぶならば、
それは、誰一人として愛さないのと同じこと。

そんな鉄則を、もっと早くから肝《きも》に銘《めい》じておいたなら、まだ彼には救いがあった。若い心を凍《こお》らせ、壊死《えし》させ、血も涙もない計測器械として自身を完成させていたなら、彼はただ冷淡に生者と死者を選別し続けるばかりの人生を送れただろう。そこに苦悩はなかっただろう。

だが、その男は違った。

誰かが歓喜する笑顔は彼の胸を満たし、誰かの慟哭《どうこく》する声は彼の心を震わせた。

無念の怨嗟《えんさ》には怒りを共にし、寂寥《せきりょう》の涙には手を差し伸べずにはいられなかった。

人の世の理を超えた理想を追い求めておきながら——彼は、あまりにも人間すぎた。

その矛盾《むじゅん》に男は幾度、罰せられたか知れない。

友情もあった。恋慕《れんぼ》もあった。

そんな愛おしい一つの命と、赤の他人の無数の命が、天秤の左右に載ったとしても——

彼は、決して過《あやま》たなかった。

誰かを愛した上で、なおその命を他者と等価のものとして、平等に尊び、平等に諦める。

いつでも彼は大切な人を、出会いながらにして喪《うしな》っているようなものだった。

そして今、男は最大の罰を科されている。

窓の外には凍《い》てついた吹雪《ふぶき》。森の大地を凍らせる極寒の夜。

凍土の地に建てられた古城の一室は、だが優しく燃える暖炉《だんろ》の熱に守られている。

そんなぬくもりの結界の中で、男は、ひとつの新しい生命《いのち》を抱き上げていた。

その、あまりにも小さな――儚《はかな》いほどにちっぽけな身体には、覚悟していたほどの重さすらない。

手に掬《すく》い取った初雪のように、わずかに揺すっただけでも崩れてしまいそうな、危ういほどに繊細《せんさい》な手応え。

弱々しくも懸命に、眠りながらも体温を保ち、緩やかな呼吸に唇《くちびる》を震わせる。今はまだそれだけが限界の、ささやかな胸の鼓動。

「安心して、眠っていますね」

彼が赤子《あかご》を抱き上げる様子を、母親は寝台に身を預けた姿勢のまま、微笑《ほほえ》ましげに見守っている。

御産の憔悴《しょうすい》からまだ立ち直れず、血色は優れないものの、それでも高貴な宝石を思わせる美貌《びぼう》は些《いささ》かも衰えていない。なにより、疲弊《ひへい》による窶《やつ》れをかき消すほどの至福の色が、優しい眼差《まなざ》しと微笑みを輝かしている。

「慣れてるはずの乳母《うば》たちでも、この子、むずがって泣くんです。こんなに大人《おとな》しく抱かれているなんて初めて。──解ってるんですね。優しい人だから大丈夫、って」

「……」

男は返す言葉もなく、ただ呆然《ぼうぜん》と、手の中の赤子とベッドの母親とを見比べる。

アイリスフィールの微笑みが、かつてこれほどに眩《まぶ》しく見えたことがあっただろうか。

もとより幸《さち》とは縁の薄い女である。誰一人として、彼女に幸福などという感情を与えようと思う者はいなかった。神の被造物たらぬ、人の手に因《よ》る人造物……ホムンクルスとして生まれた女には、それが当然の扱いだった。アイリスフィールもまた望みはしなかった。人形として造られ、人形として育てられた彼女には、かつては幸福という言葉の意味さえ理解できていなかっただろう。

それが、今──晴れやかに笑っている。

「この子を産めて、本当に良かった」

静かに、慈《いつく》しみを込めて、アイリスフィール・フォン・アインツベルンは眠る赤子を見つめながら語る。

「これから先、この子は紛《まが》い物《もの》の人間として生きていく。辛いだろうし、こうして紛い物の母親に産み落とされたことを呪《のろ》うかもしれない。それでも、今は嬉《うれ》しいんです。この子が愛しくて、誇らしいんです」

外見は何の変哲もない、見るからに愛らしい嬰児《えいじ》でありながら——

母の胎内にいるうちから幾度となく魔術的な処置を施されたその身体は、もはや母親以上に人間離れした組成に組み替えられている。生まれながらにして用途を限定された、魔術回路の塊《かたまり》とも言うべき肉体。それがアイリスフィールの愛娘《まなむすめ》の正体だった。

そんな残酷な誕生でありながら、アイリスフィールはなお「良し」と言う。産み落とした己を是《ぜ》とし、生まれ落ちた娘を是とし、その生命を愛して、誇って、微笑む。

その強さ、その貴き心の在りようは、まぎれもなく〝母〟のものだった。

ただの人形でしかなかった少女が、恋を得て女になり、そして母親として揺るがぬ力を得た。それは何者にも侵せない〝幸〟の形であっただろう。暖炉のぬくもりに護られた母子の寝室は、今、どのような絶望とも不幸とも無縁だった。

だが——男は弁えていた。自分が属する世界には、むしろ窓の外の吹雪こそ似つかわしいのだと。

「アイリ、僕は——」

一言を発するごとに、男の胸には刃《やいば》が突き刺さるかのようだった。その刃とは、赤子の安らかな寝顔であり、その母の眩しい微笑みであった。

「——僕は、いつか、君を死なせる羽目《はめ》になる」

血を吐く思いで放たれた宣言に、アイリスフィールは安らかな表情のまま頷《うなず》いた。

「解っています。もちろん。それがアインツベルンの悲願。そのための私なのですから」

それは、すでに確定された未来。

これより八年を経た後に、男は妻を連れて死地へと赴く。世界を救う一人の犠牲として、アイリスフィールは彼の理想に捧げられる生贄《いけにえ》となる。

それは二人の間で、何度も語られ、了解された事柄だった。

すでに男は繰り返し涙を流し、自らを呪い、そのたびにアイリスフィールは彼を赦《ゆる》し、励《はげ》ました。

「あなたの理想を知り、同じ祈りを胸に懐いたから、だから今の私があるんです。あなたは私を導いてくれた。人形ではない生き方を与えてくれた」

同じ理想に生きて、殉じる。そうすることで彼という男の半身となる。それがアイリスフィールという女の愛の形。そんな彼女だったからこそ、男もまたお互いを許容できた。

「あなたは私を悼《いた》まなくていい。もう私はあなたの一部なんだから。だから、ただ自分が欠け落ちる痛みにだけ耐えてくれればいいのです」

「……じゃあ、この子は？」

羽毛のように軽い嬰児の体重、その質量とは異なる次元の重圧で、今や男の両足は震えていた。

この子供は、彼の掲《かか》げる理想に対し、まだ何の理解も覚悟もない。

彼という男の生き様を断じることも、赦すこともできない。そんな力はまだ持ち合わせていない。

だが、そんな無垢《むく》な生命であろうとも、彼の理想は容赦《ようしゃ》するまい。

ひとつの命に貴賤はなく、老いも若きも問うことなく、定量のひとつの単位――

「僕に……この子を抱く資格は、ない」

狂おしいほどの愛おしさに潰されそうになりながらも、男は声を絞り出した。

腕の中の赤子の、ふくよかな桜色の頬《ほお》に、一雫《ひとしずく》の涙が落ちる。

声もなく嗚咽《おえつ》しながら、とうとう男は膝《ひざ》を屈した。

世界の非情さを覆すため、それ以上の非情さを志し……それでも愛する者を持ってしまった男に対して、ついに科された最大の罰。

この世の誰よりも愛おしい。

世界を滅ぼしてでも守りたい。

だが男には、解っている。もしも自らの信じる正義が、この穢《けが》れない命を犠牲として要求したとき――彼が、衛宮切嗣《えみやきりつぐ》という男がどんな決断を下すことになるか。

いつか来るかもしれないその日に怯えて、その万が一の可能性に恐怖して、切嗣は泣いた。腕の中のぬくもりに胸を締めつけられながら。

アイリスフィールはベッドから上体を起こし、泣き崩れる夫の肩に、そっと手を載せる。

「忘れないで。誰もそんな風に泣かなくていい世界、それが、あなたの夢見た理想でしょう?

あと八年……それであなたの戦いは終わる。あなたと私は理想を遂げるの。きっと聖杯があなたを救う」

彼の苦悩をあまさず知る妻は、どこまでも優しく、切嗣の涙を受け止めた。

「その日の後で、どうか改めて、その子を――イリヤスフィールを抱いてあげて。胸を張って、一人の普通の父親として」

――三年前――

神秘学の語るところによれば、この世界の外側には次元論の頂点に在る〝力〟があるという。

あらゆる出来事の発端とされる座標。それが、すべての魔術師の悲願たる『根源の渦』

……万物の始まりにして終焉《しゅうえん》、この世の全てを記録し、この世の全てを創造できるという神の座である。

そんな〝世界の外〟へと到る試みを、およそ二〇〇年前、実行に移した者たちがいた。

アインツベルン、マキリ、遠坂《とおさか》。始まりの御三家と呼ばれる彼らが企てたのは、幾多の伝承において語られる『聖杯』の再現である。あらゆる願望を実現させるという聖杯の召《しょう》喚《かん》を期して、三家の魔術師は互いの秘術を提供しあい、ついに〝万能の釜〟たる聖杯を現出させる。

……だが、その聖杯が叶えるのはただ一人の人間の祈りのみ、という事実が明らかになるや否《いな》や、協力関係は血で血を洗う闘争へと形を変えた。

これが『聖杯戦争』の始まりである。

以来、六〇年に一度の周期で、聖杯はかつて召喚された極東の地『冬木《ふゆき》』に再来する。

そして聖杯は、それを手にする権限を持つ者として七人の魔術師を選抜し、その膨大《ぼうだい》な魔力の一部を各々《おのおの》に分け与えて、『サーヴァント』と呼ばれる英霊召喚を可能とさせる。七人のいずれが聖杯の担い手として相応《ふさわ》しいか、死闘をもって決着させるために。

――かいつまんで要約すれば、言峰綺礼《ことみねきれい》の受けた説明はそのような内容だった。

「君のその右手に顕れた紋様は『令呪《れいじゅ》』と呼ばれる。聖杯に選ばれた証《あかし》、サーヴァントを統《す》べるべくして与えられた聖痕《せいこん》だ」

滑らかに、だがよく通る声でそう説明を続ける人物は、名を遠坂時臣《ときおみ》と名乗っていた。

南伊はサレルノ、小高い丘の上の一等地に建てられた瀟洒《しょうしゃ》なヴィラの一室には、いま三人の男がラウンジチェアに腰を落ち着かせていた。綺礼と時臣、そして二人を引き合わせ、この会談を取り持った神父、言峰璃正《りせい》……綺礼の実の父親である。

近々八〇に手が届こうという父の友人にしては、この遠坂という風変わりな日本人は若すぎた。見たところ年齢は綺礼とそう変わらないものの、それでいて落ち着いた風采《ふうさい》と貫禄《かんろく》は堂に入ったものだ。聞けば日本でも古い名家に連なる血筋で、このヴィラも彼の別宅だという。だが何よりも驚かされたのは、彼が出会い頭《がしら》に何の気負いもなく自らが『魔術師』であると名乗ったことだ。

魔術師という言葉そのものは奇異でも何でもない。綺礼もまた父と同じ聖職者であったが、彼ら親子の職分は世間一般に知られるところの〝神父〟とは大きく性格の異なるものだ。綺礼たちの属する『聖堂教会』は、教義の埒外《らちがい》にある奇跡や神秘を、異端の烙印《らくいん》とともに駆逐し葬り去る役を負う。つまりは、魔術などという瀆神《とくしん》行為を取り締まる立場にある。

魔術師たちは魔術師たちで結託し、『協会』と称する自衛集団を組織して聖堂教会の脅威に対抗している。現在、両者の間には協定が取り交わされて仮初《かりそ》めの平穏を保っているものの、それでも聖堂教会の神父と魔術師とが一堂に集っての談義というのは、本来ならば有り得ない状況であろう。

父、璃正の話によれば、遠坂家は魔術師の一門でありながら古くから教会とも縁故のある家柄だという。

右手の甲に浮かび上がった紋様状の三つの痣《あざ》に、綺礼が気付いたのは昨夜のことだ。父に相談したところ、璃正は翌朝早々に息子をサレルノにまで連れだし、そしてこの若き魔術師に引き合わせた。

以後、挨拶《あいさつ》もそこそこに時臣が綺礼に語り聞かせたのは、先のような『聖杯戦争』なる秘談についての解説である。綺礼の手に浮かんだ痣の意味……すなわち、三年後に巡り来る四度目の聖杯の出現に際して、綺礼もまた奇跡の願望機を求め争う権利を得たのだという事情。

戦え、という要請には何の抵抗もない。聖堂教会での綺礼の役目は、実地における直接的な異端排除、つまりは歴《れっき》とした戦闘員である。魔術師を相手に生死を賭《と》すのは彼の本分と言っていい。むしろ問題なのは、魔術師同士の抗争である聖杯戦争に、聖職者である綺礼までもが〝魔術師〟として参加しなければならないという矛盾である。

「聖杯戦争の実態は、サーヴァントを使い魔として使役する戦いだ。よって勝ち残るためには召喚師としてそれなりの魔術の素養が必要になる。……本来なら、聖杯がサーヴァントのマスターとして選ぶ七人は、いずれもが魔術師であるはずなのだが。君のように魔術と縁のない者が、これだけ早期に聖杯から見初《みそ》められるというのは、きわめて異例のことだろうな」

「聖杯の人選には、序列があるのですか？」

いまだ納得しきれない綺礼の問いに、時臣は頷く。

「先に話した『始まりの御三家』――今は間桐《まとう》と名を変えたマキリの一門と、アインツベルン、それに遠坂の家に連なる魔術師には、優先的に令呪が授けられる。つまり……」

時臣は右手を差し上げ、その甲に刻まれた三つの紋様を示した。

「遠坂においては今代の当主である私が、次の戦いに参加する」

ではこの男は、こうも懇切丁寧《こんせつていねい》に綺礼を先導しておきながら、遠からず彼と矛《ほこ》を交えるつもりなのだろうか？　解せない話ではあったが、ともかく綺礼は順を追って質問を重ねることにした。

「先程から仰有《おっしゃ》っているサーヴァントというのは、いったい何でしょうか。英霊を召喚して使い魔にする、というのは……」

「信じがたい話だとは思うが、事実だ。それがこの聖杯の瞠目《どうもく》すべき点と言えるだろうな」

歴史や伝承に名を残す超人、偉人たちの伝説。人々の間で永久不変の記憶となった彼らが、死後、人間というカテゴリーから除外されて精霊の域にまで昇格したものを『英霊』という。それは魔術師たちがごく普通に使い魔とするような魑魅《ちみ》魍魎《もうりょう》、怨霊《おんりょう》の類とは格が違う。いわば神にも等しい霊格の存在だ。その力の一部を招来して借り受ける程度のことは出来たとしても、彼らを使い魔として現界させ使役するなど、尋常に考えれば有り得ない話である。

「そんな不可能を可能とするのが聖杯の力、と考えれば、アレがどれほど途方もない宝具か解るだろう。サーヴァントの召喚も、あくまで聖杯の力のほんの一欠片《かけら》でしかないのだから」

そう語っている自分自身が呆れ果てたと言わんばかりに、遠坂時臣は深く吐息をついてかぶりを振った。

「近くはたかだか百年程度の過去、遠くは神代の太古から、英霊は召喚される。七人の英霊はそれぞれ七人のマスターに従い、おのがマスターを守護し、敵であるマスターを駆逐する。……あらゆる時代、あらゆる国の英雄が現代に蘇り、覇を競い合う殺し合い。それが冬木の聖杯戦争なんだ」

「……そんな大それたことを？　何万人もの住民がいる人里で？」

すべての魔術師は、自らの存在を秘匿《ひとく》せんとするのが共通の理念である。科学が唯一普遍の原理として信仰されるこの時代においては、まったく当然の配慮であろう。それを言うなら聖堂教会とて、決してその存在が公《おおやけ》になることはない。

だが英霊ともなれば、ただ一人だけでも大災害をもたらすほどの威力を秘めている。その現身《うつしみ》とも言えるサーヴァントを七体、人間の闘争の道具として激突させるというのは……それはもはや、大量殺戮《さつりく》兵器を駆使した戦争と大差ない。

「――むろん、対決は秘密裏に行うというのが暗黙の掟《おきて》だ。それを徹底させるための監督も用意される」

それまで沈黙を守っていた綺礼の父、璃正神父が、ここにきて口を挿《はさ》んだ。

「六〇年おきの聖杯戦争は、今度で四回目。すでに二度目の戦いの時点で、日本の文明化は始まっていたからな。いかに極東の僻地《へきち》とはいえ、人目を気にせず大破壊を繰り返すわけにもいかない。

そこで、三度目の聖杯戦争からは我ら聖堂教会から監督役が派遣される取り決めになった。聖杯戦争による災厄を最小限に抑え、その存在を隠蔽し、そして魔術師たちには暗闘の原則を遵守させる」

「魔術師の闘争の審判を、教会が務めるのですか?」

「魔術師同士の闘争だからこそ、だ。魔術協会の人間では、どうしても派閥のしがらみに囚《とら》われて公平な審判が務まらない。協会の連中とて、外部の権威に頼るしか他になかったわけだ。

　それに加えて、そもそもの発端が聖杯の名を冠された宝具とあっては、我ら聖堂教会も黙ってはいられない。それが神の御子《みこ》の血を受け止めた本物である可能性も無視できないからな」

　綺礼と璃正は、父子ともども第八秘蹟会《ひせきかい》というセクションに籍を置いている。聖堂教会のなかでも聖遺物の管理、回収を任務とする部門である。聖杯と呼ばれる秘宝は数々の民話や伝承に現れるが、中でも教会の教義において、『聖杯』の占める比重はひときわ大きい。

「そういう事情で、前回、世界大戦の混乱に紛れて開催された第三次聖杯戦争の折にも、まだ若造だった儂《わし》が大役を仰せつかったというわけだ。次回の戦いにおいても、引き続き儂が冬木の地へ赴き、お前たちの戦いを見守ることになる」

　父の言葉に、綺礼は首を傾げざるを得なかった。

「待ってください。聖堂教会からの監督役とは、公平を期すための人選ではないのですか?

その肉親が聖杯戦争に参加するというのは問題なのでは……」

「そこは、それ。まあルールの盲点といったところか」

堅物の父にしては珍しい、含みのある微笑が、綺礼には腑《ふ》に落ちなかった。

「言峰さん、息子さんを困らせてはいけない。そろそろ本題に入りましょう」

遠坂時臣が、意味ありげな言葉で老神父に先を促す。

「フム、そうですな。――綺礼、ここまでの話は全て、聖杯戦争を巡る〝表向きの〟事情に過ぎん。今日、こうして儂がお前と遠坂氏を引き合わせた理由は他にある」

「……と、言いますと?」

「実のところ、冬木に顕れる聖杯が〝神の御子の〟聖遺物とは別物だという確証は、とうの昔に取れている。冬木の聖杯戦争で争われるのは、あくまで理想郷《ユートピア》における万能の釜のコピーでしかなく、魔術師たちのためだけの宝具にすぎない。我々教会とは縁もゆかりもない代物だ」

さもありなん。でなければ聖堂教会が『監督役』などという大人しい役目に甘んじているわけがない。〝聖遺物の〟聖杯が懸《か》かっているとなれば、教会は休戦協定を反故《ほご》にしてでも魔術師たちの手からそれを奪い取ることだろう。

「聖杯が、本来の目的通り『根源の渦』へと到るためだけの手段として用いられるのなら、これは別段、我ら聖堂教会の関知するところではない。魔術師たちが『根源』に向ける渇望は、とりたてて我らの教義に抵触するわけでもないからな。

——が、だからといって放置するには、冬木の聖杯は強大に過ぎる。なにせ万能の願望機だ。好ましからざる輩《やから》の手に渡れば、どんな災厄を招くか知れたものではない」

「では、異端として排除すれば——」

「それもまた困難だ。この聖杯に対する魔術師たちの執着は尋常ではない。真っ向から審問するとなれば、魔術協会との衝突も必至だろう。それでは犠牲が大きすぎる。

むしろ次善の策として、冬木の聖杯を〝望ましい者〟に託《たく》せる道があるのなら、それに越したことはないわけだ」

「……成る程」

綺礼にも、この会見の真意が徐々に呑《の》み込めてきた。なにゆえ父が魔術師である遠坂時臣と交流があったのかについても。

「遠坂家はな、かつて祖国に信仰を弾圧されていた時代から、我々と同じ教義を貫いてきた歴史を持つ。時臣くん本人についても、その人柄は保証できるし、何より彼は聖杯の用途を明確に規定している」

遠坂時臣は頷いて、その先の言葉を引き継いだ。

「『根源』への到達。我ら遠坂の悲願はその一点をおいて他にはない。だが——悲しいかな、かつて志を同じくしたアインツベルンと間桐は、代を重ねるごとに道を見失い、今では完全に初志を忘れている。さらに外から招かれる四人のマスターについては言わずもがな、だ。どのような浅ましい欲望のために聖杯を狙うことやら知れたものではない」

つまり、聖堂教会が容認しうる聖杯の担い手は、遠坂時臣をおいて他にはない、ということだろう。いよいよ綺礼は、自分の役割について理解に到った。

「では私は、遠坂時臣氏を勝利させる目的で、次の聖杯戦争に参加すればいいのですね？」

「そういうことだ」

ここにきてようやく、遠坂時臣は口元に微笑めいたものを覗かせた。

「むろん表面上は、君と私は互いに聖杯を奪い合う敵同士として振る舞うことになろう。だが我々は水面下で共闘し、力を合わせて残る五人のマスターを駆逐し、殲滅《せんめつ》する。より確実な勝利を収めるためにね」

時臣の言葉に、璃正神父が厳かに頷く。すでに聖堂教会による中立の審判、という形態そのものが茶番なのだ。教会もまた独自の思惑で、この聖杯戦争に関わっているのだろう。だとしても、綺礼にとって是非はなかった。教会の意向が明らかならば、一人の代行者としてただ忠実にそれを全《まっと》うするだけのことである。

「綺礼くん、君には派遣という形で聖堂教会から魔術協会へと転属し、私の徒弟となってもらう」

引き続き事務的な口調で、遠坂時臣は話を進めた。

「転属──ですか？」

「すでに正式な辞令も出ているよ。綺礼」

そう言って、璃正神父は一通の書簡を差し出した。聖堂教会と魔術協会の連名による、言峰綺礼宛の通達文だった。手際の良さに、綺礼は驚くのを通り越して呆れ返る。昨日の今日で、よくもここまで早急に事を運んだものだ。

とどのつまり、最後まで綺礼の意思は介在する余地がなかったわけだが、別段そのことに腹を立てる理由もなかった。もとより綺礼には意思などない。

「当面は日本の当家で、魔術の修練に明け暮れることになるだろう。次の聖杯戦争は三年後。それまでに君は、サーヴァントを従え、マスターとして戦いに参加できるだけの魔術師となっていなければならない」

「しかし──構わないのでしょうか？　私が公然とあなたに師事したのでは、後の闘争でも協力関係を疑われるのでは？」

時臣は冷ややかに微笑してかぶりを振った。

「君は魔術師というものを解っていない。利害のぶつかった師弟どうしが殺し合いに及ぶことなど、我々の世界では日常茶飯事だ」

「ああ、成る程」

綺礼は魔術師を理解しているつもりはなかったが、それでも魔術師という人種の傾向については充分に把握《はあく》していた。彼とて、これまで幾度となく〝異端〟の魔術師と張り合ってきた代行者である。その手で仕留めた人数も一〇や二〇では収まらない。

「さて、何か他に質問はあるかね？」

締めくくりに時臣からそう尋ねられたので、綺礼はそもそもの発端からの疑問を口にした。

「ひとつだけ。――マスターの選抜をする聖杯の意思というのは、一体どういうものなのですか？」

それは時臣にとって、まったく予期しなかった問いだったらしい。魔術師は暫《しば》し眉根《まゆね》を寄せてから、間を空けて返答した。

「聖杯は……もちろん、より真摯にそれを必要とする者から優先的にマスターを選抜する。その点で筆頭に挙げられるのが、先にも話した通り、我が遠坂を含む始まりの御三家なわけだが」

「では全てのマスターに、聖杯を望む理由があると？」

「そうとも限らない。聖杯は出現のために七人のマスターを要求する。現界が近づいてもなお人数が揃わなければ、本来は選ばれないようなイレギュラーな人物が令呪を宿すこともある。そういう例は過去にもあったらしいが――ああ、成る程」

語るうちに時臣は、綺礼の疑念に思い当たったらしい。

「綺礼くん、君はまだ自分が選ばれたことが不可解なんだね?」

綺礼は頷いた。どう考えても彼には、願望機などというものに見出される理由が思い当たらなかった。

「フム、まあ確かに、奇妙ではある。君と聖杯との接点といえば、お父上が監督役を務めていたという点ぐらいだが……いや、だからこそ、という考え方もある」

「と、いいますと?」

「聖杯はすでに、聖堂教会が遠坂の後ろ盾《だて》になる展開を見越していたのかもしれない。教会の代行者が令呪を得れば、その者は遠坂の助勢につくものと」

そう言ってから、時臣は満足げにいったん言葉を切り、

「つまり聖杯は、この遠坂に二人分の令呪を与えるべくして、君というマスターを選んだ。……どうかね? これで説明にはならないか?」

そう、不敵な語調で結びをつけた。

「……」

この尊大な自信は、なるほど遠坂時臣という男に相応しい。それが嫌味にならないだけの貫禄をこの男は備え持っている。

たしかに魔術師としてはきわめて優秀な男なのだろう。そして、その優秀さに見合うだけの自負も持ち合わせていることだろう。故に、彼は決して自らの判断を疑うことなどな

いのだろう。

それはつまり、ここでいくら問おうとも、いま時臣が出した回答以上のものは得られないという事――綺礼は、そう結論づけた。

「日本への出立は、いつに？」

綺礼は内心の落胆を面《おもて》に出さず、質問の内容を変えた。

「私は一旦イギリスへ寄って行く。『時計塔』の方に少々、用事があるのでね。君は一足先に日本に向かってくれ。家の者には伝えておく」

「承知しました。……では、早速にでも」

「綺礼、先に戻っていなさい。儂は遠坂氏と少し話がある」

父の言葉に頷いて、綺礼は一人、席を立つと黙礼して部屋を辞した。

×　　×

後に残された遠坂時臣と璃正神父は、互いに無言のまま窓の外に目を向け、門から出ていく言峰綺礼の背中を見送る。

「頼り甲斐《がい》のあるご子息ですな。言峰さん」

「『代行者』としての力量は折り紙付きです。同僚たちの中でも、アレほど苛烈《かれつ》な姿勢で修業に臨む者はおりますまい。見ているこちらが空恐ろしくなる程です」

「ほう……信仰の護り手として、模範的な態度ではありませんか」

「いやはや、お恥ずかしながら、この老いぼれにはあの綺礼だけが自慢でしてな」

峻厳《しゅんげん》さで知られる老神父は、だが時臣にはよほど気を許しているものと見えて、衒《てら》いもなく相好を崩した。その眼差しからは、一人息子に向けられる信頼と情愛がありありと窺《うかが》えた。

「五〇を過ぎても子を授からず、跡継ぎは諦めておったのですが……今となっては、あんなにも良くできた息子を授かったことが畏《おそ》れ多いぐらいです」

「しかし、思いのほか簡単に承諾してくれましたな。彼は」

「教会の意向とあれば、息子は火の中にでも飛び込みます。アレが信仰に懸ける意気込みは激しすぎるほどですからな」

時臣は老神父の言を疑うつもりはなかったが、彼が璃正神父の息子から受けた印象は、そんな〝信仰の情熱〟などという熱意とはいささか食い違うものだった。綺礼という男の物静かな佇《たたず》まいには、むしろ虚無的なものを感じていた。

「正直なところ、拍子《ひょうし》抜けしたほどです。彼からしてみれば、何の関係もない闘争に巻き込まれたも同然のことだったでしょうに」

「いや……むしろアレにとっては、それが救いだったのかもしれません」

わずかに言葉を濁《にご》してから、璃正神父は沈鬱《ちんうつ》に呟いた。

「内々の話ですが、つい先日、アレは妻を亡くしましてな。まだ二年しか連れ添っていなかった新妻です」

「それは、また――」

意外な事情に、時臣は言葉を失う。

「態度にこそ出しませんが、それでも相当応《こた》えているはずです。……イタリアには思い出が多すぎる。久しい祖国の地で、目先を変えて新たな任務に取り組むことが、今の綺礼にとっては傷を癒《いや》す近道なのかもしれません」

璃正神父は溜息混じりにそう語り、それから時臣の瞳《ひとみ》を真っ直ぐに見据えて続けた。

「時臣くん、どうか息子を役立ててください。アレは信心を確かめるために試練を求めているような男です。苦難の度が増すほどに、アレは真価を発揮することでしょう」

老神父の言葉に、時臣は深々と頭を下げた。

「痛み入ります。聖堂教会と二代の言峰への恩義は、我が遠坂の家訓に刻まれることでしょう」

「いやいや、私はただ先々代の遠坂氏との誓いを果たしたまでのこと。――あとはただ、あなたが『根源』へ辿り着くまでの道程に神の加護を祈るばかりです」

「はい。祖父の無念、遠坂の悲願、我が人生はそれらを負うためだけにありました」

責任の重さと、それを支えて余りあるだけの自信を秘めて、時臣は決然と頷いた。

「今度こそ聖杯は成るでしょう。どうか見届けていただきたい」

時臣の堂々たる態度に、璃正神父は胸中で、亡き朋友《ほうゆう》の面影を祝福した。

〝友よ……君もまた良い跡継ぎを得たのだな〟

×　　　×

地中海からの爽風に髪を吹き煽《あお》られながら、言峰綺礼は、丘の頂のヴィラから続く九十九折《つづらおり》の細道を、一人、黙然と引き返していた。

つい先程まで語り合っていた遠坂時臣という人物について、綺礼は受け止めた印象の数々を思い返し、整理する。

おそらくは艱難《かんなん》多き半生を過ごしてきたのであろう。そうやって嘗《な》めてきたぶんだけの辛酸《しんさん》を、すべて誇りへと転化してきたかのような、揺るぎない自負と威厳を備えた男。

ああいう人物のことはよく理解できる。他ならぬ綺礼の父が、あの時臣と同類だ。この世に生まれ落ちた意味、おのれの人生の意味を自ら定義し、疑うことなく信念として奉じている男たち。彼らは決して迷うことも、躊躇《ためら》うこともない。

人生のどんな局面においても、生涯の目的として見定めた〝何か〟を全うするためだけのベクトルで、明確な方針で行動できる鉄の意志。その〝信念の形〟が、たとえば綺礼の父の場合は敬虔《けいけん》なる信仰心であり、そしておそらく遠坂時臣の場合は、選ばれた者としての自負——平民とは違う特権と責任を担う者としての自意識なのだろう。あれは、近頃では滅多《めった》に見つからない〝本物の貴族〟の生き残りだ。

今後当面、遠坂時臣の存在は綺礼にとって大きな意味を占めることになるのだろうが……だとしても、彼は綺礼とは決して相容《あいい》れない種類の人間だ。父の同類というだけで、間違いなくそう言える。

理想だけしか見えていない者に、理想を持てずに迷う苦しみなど理解できる道理がない。時臣のような人間が信念の礎《いしずえ》としているような〝目的意識〟というものが、言峰綺礼の精神からはごっそりと欠け落ちているのだ。そんなものは二〇余年もの人生を通じて、ただの一度も持ち合わせたことがない。

物心ついた時から、彼にはどんな理念も崇高《すうこう》と思えず、どんな探求にも快楽などなく、どんな娯楽も安息をもたらさなかった。そんな人間が、そもそも目的意識などというものを持ち合わせているわけがない。

なぜそこまで自分の感性が世間一般の価値観と乖離《かいり》してしまっているのか、その理由すらも解らなかった。ただとにかく、どのような分野であろうとも、前向きな姿勢で成し遂げようと思えるだけの情熱を注げる対象が、綺礼には何ひとつ見当たらなかった。

それでも神はいるものと信じた。まだ自分が未熟であるが故に、真に崇高なるものが見えないだけだと。

いつの日か、より崇高なる真理に導かれるものと、より神聖なる福音に救われるものと信じて生きてきた。その希望に賭けて、縋《すが》った。

だが心の奥底では、綺礼とて、すでに理解してしまっていたのだ。もはや自分という人間は神の愛をもってしても救いきれぬと。

そんな自分に対する怒りと絶望が、彼を自虐へと駆り立てた。修身の苦行という名目を借りて、ただ徒《いたずら》に繰り返された自傷行為。だがそうやって責《せ》め苛《さいな》むほどに綺礼の肉体は鋼《はがね》の如《ごと》く鍛《きた》えられ、気がつけば他に追随する者もないまま、彼は『代行者』という聖堂教会のエリートにまで上りつめていた。

誰もがそれを〝栄光〟と呼んだ。言峰綺礼の克己《こっき》と献身を、聖職者の鑑《かがみ》として褒《ほ》めそやした。父の璃正とて例外ではなかった。

言峰璃正が息子に向けている信頼と賞賛の程を、綺礼は充分に理解していたし、それがどうしようもなく的外れな誤解であるという現実には、内心、忸怩《じくじ》たるものがあった。この誤解はきっと生涯、解かれることはないだろう。

綺礼が内に抱えた人格の欠落は、今日に至るまで誰にも理解されたことがない。

そう、ただひとり愛したはずの女にすら──

「……」

立ち眩《くら》みにも似た感覚を覚えて、綺礼は歩調を緩め、額《ひたい》に手をやった。

死別した妻のことを思い返そうとすると、まるで靄《もや》がかかるかのように、なぜか思考が散漫になる。霧の中で断崖絶壁の縁に立つような気分。その先には一歩たりとも踏み出してはならないという、本能的な忌避《きひ》感。

気がつけばすでに丘の麓《ふもと》だった。綺礼は足を止め、はるかに遠ざかった頂上のヴィラを顧みた。

今日の遠坂時臣との会見で、ついに満足な答えを得られなかった最大の疑問……その問いこそが、綺礼にとっては最も気懸かりだったのだが。

何故《なぜ》、〝聖杯〟なる奇跡の力は言峰綺礼を選んだのか？

時臣による説明は、苦し紛れの後付けでしかない。聖杯が時臣の後援者を欲しただけだというのなら、綺礼でなくても、より時臣と親密な関係にある人材が他にいくらでもいたはずだ。

次の聖杯の出現までには、まだ三年もの猶予《ゆうよ》があるという。ならこんなにも早々に令呪を授けられた綺礼には、きっと選ばれるだけの理由があった筈《はず》なのだ。

だが……考えれば考えるほどに、ただ矛盾ばかりが綺礼を悩ませる。

本来なら、彼は〝決して選ばれない〟はずの人間だ。

綺礼には〝目的意識〟がない。よって理想も、願望もない。どう転んだところで彼は、〝万能の願望機〟などという奇跡を担えるわけがないのだ。

暗鬱な面持ちで、綺礼は右手の甲に現れた三つの徴《しるし》に眺め入った。

令呪とは聖痕であるという。

はたしてこれより三年の後、自分は何を背負う羽目になるのだろうか。

——一年前——

目当ての女性《ひと》の面影は、すぐに見分けがついた。

休日の昼下がり、小春日和の陽光が燦々《さんさん》と降りそそぐ芝生《しばふ》には、そこかしこではしゃぎ廻る子供たちと、それを見守る親たちの笑顔が目につく。噴水を囲む公園の広場は、家族連れで和《なご》む憩《いこ》いの場として大勢の市民に親しまれていた。

そんな中でも、彼はまったく迷わなかった。

どんな人混みでも、離れた場所からでも、彼は苦もなくただ一人の女性を見分ける自信があった。たとえそれが、月に一度逢えるかどうかもおぼつかない、限りなく他人に近い間柄の相手だとしても。

木陰で涼《すず》む彼女のすぐ脇まで彼が歩み寄ったところで、ようやく彼女は彼の来訪に気がついた。

「——やぁ、久しぶり」

「あら——雁夜《かりや》くん」

慎《つつ》ましい愛想笑いに口元を綻《ほころ》ばせながら、彼女は読みかけの本から目を上げた。

窶《やつ》れた——そう見て取った雁夜は、やるせない不安に囚われる。どうやら今の彼女には何か心痛の種があるらしい。

すぐにも原因を問い質し、どんなことだろうと力を尽くして、その〝何か〟を解決してやりたい――そんな衝動に駆られはしても、それは雁夜には出来ない相談だった。そんな遠慮のない親切を尽くせるほど、雁夜は彼女に近しい立場には、ない。

「三ヵ月ぶりかしら。今度の出張は、ずいぶん長くかかったのね」

「ああ……まぁね」

眠りの中、優しい夢には必ず現れる彼女の笑顔。だがその実物を前にすると、面と向き合う勇気がない。これまでの八年間がそうだったように、これからも未来永劫《えいごう》、雁夜はその笑顔を直視できないだろう。

そんな風に気後れをしてしまう相手だから、出会い頭の挨拶の後には、どういう話題を持ち出したものか判断に迷って、微妙な空白の間ができる。これもまた毎度のことだ。

それが気まずい沈黙になるまで長引かないように、雁夜はより気負うことなく話しかけられる相手の姿を捜す。

――いた。芝生で遊んでいる他の子供たちに混じって、元気に跳ね回る二房のツインテール。幼いながらも母親譲りの美貌の兆《きざ》しを既に見せ始めている女の子。

「凛《りん》ちゃん」

呼びかけて、雁夜は手を振った。凛と呼ばれた少女はすぐに気付いて、満面に笑顔を咲かせて駆け寄ってくる。

「カリヤおじさん、おかえり！　またオミヤゲ買ってきてくれたの？」

「これ、凛、お行儀の悪い……」

困り顔で母親が窘《たしな》める声も、幼い少女にはまるで届いていない。期待に目を輝かせる凛に、雁夜もまた笑顔で応じながら、隠し持っていた二つのプレゼントのうち片方を差し出す。

「わぁ、キレイ……」

大小のガラスビーズで編まれた精巧なブローチは、一目で少女の心を虜《とりこ》にした。彼女の年齢を考えれば少し背伸びをした贈り物だったが、凛が歳不相応にませた趣味をしているのは雁夜もちゃんと心得ている。

「おじさん、いつもありがとう。これ、大事にするね」

「ハハ、気に入ってくれたのなら、おじさんも嬉しいよ」

凛の頭を撫でながら、雁夜はもう一つ用意したプレゼントを受け取るべき相手を捜す。

どういうわけか、公園のどこにも見当たらない。

「なあ、桜《さくら》ちゃんはどこにいるんだい？」

そう雁夜に訊《き》かれた途端、凛の笑顔が空洞になった。

子供が、理解の及ばない現実を無理に受け入れるときならではの、諦めと思考停止の表情。

「桜はね、もう、いないの」

硬く虚ろな眼差しのまま、凛は棒読みの台詞《せりふ》のようにそう答えると、それ以上雁夜に何か訊かれるのを拒むかのように、さっきまで遊んでいた子供たちの輪の中へと戻っていった。

「……」

不可解な凛の言葉に戸惑ううちに、ふと雁夜は、視線で凛の母親に問いかけている自分に気がついた。彼女は暗い眼差しを、何かから逸らすようにして虚空に向けている。

「どういうことなんだ……?」

「桜はね、もう私の娘でも、凛の妹でもないの」

乾いた口調は、だが娘の凛よりも気丈だった。

「あの子は、間桐の家に行ったわ」

間《マ》・桐《トウ》——

忌《い》まわしいほどに親しみ深いその呼び名が、雁夜の心をざっくりと抉《えぐ》る。

「そんな……いったいどういうことなんだ、葵《あおい》さん!?」

「訊くまでもないことじゃない? 特に雁夜くん、あなたなら」

凛の母——遠坂葵は、硬く冷ややかな口調で感情を押し殺して、あくまで雁夜の方を見ないまま淡々と語った。

「間桐が魔導師の血筋を嗣《つ》ぐ子供を欲しがる理由、あなたなら、解って当然でしょう？」

「どうして、そんなこと……許したんだ？」

「あの人が決めたことよ。古き盟友たる間桐の要請に応えると、そう遠坂の長《おさ》が決定したの。……私に意見できるわけがない」

そんな理由で母と子が、姉と妹が引き裂かれる。

もちろん納得できるわけがない。だが葵と、そして幼い凛までもが納得せざるを得ない理由はよく解る。つまり魔術師として生きるというのは、そういうものなのだ。その運命の非情さは雁夜とてよく知っていた。

「……それでいいのか？」

いつになく硬い声でそう質《ただ》す雁夜に、葵は力無い苦笑を返す。

「遠坂の家に嫁《とつ》ぐと決めたとき、魔術師の妻になると決めたときから、こういうことは覚悟していたわ。魔導の血を受け継ぐ一族が、ごく当たり前の家庭の幸せなんて、求めるのは間違いよ」

そして、なおも言い返そうとする雁夜に向けて、魔術師の妻は優しく、だがきっぱりと拒むかのように——

「これは遠坂と間桐の問題よ。魔術師の世界に背を向けたあなたには、関わりのない話」

――そう、小さくかぶりを振って言葉を足した。

雁夜はそれ以上、もう身動きもできなかった。まるで自分が公園の立ち木の一本にでもなったかのような、無力さと孤立感で胸を締め上げられた。

かつて少女だった頃の昔から、妻になり、二児の母になったその後も、葵が雁夜に接する態度は何ひとつ変わらなかった。三つ年上の幼馴染みは、まるで本物の姉弟のように、いつも雁夜に優しく親身に、気兼ねなく接してくれた。

そんな彼女が、二人の立ち位置の線引きをはっきりと示したのは、これが初めてのことだった。

「もしも桜に会うようなことがあったら、優しくしてあげてね。あの子、雁夜くんには懐いてたから」

葵の見守る視線の先で、凛は明るく元気に、そう振る舞うことで悲しみを追い払うかのように、一心に遊びに興じている。

そんな凛の姿こそが答えであると言わんばかりに、そして、傍らで言葉に詰まったまま佇立《ちょりつ》する雁夜を拒むかのように、遠坂葵は、どこにでもいる休日の母親の和みきった面持ちのまま、ただ横顔だけで雁夜を遇した。

だがそれでも、雁夜は見逃さなかった。見逃せるはずもなかった。

気丈に、冷静に、運命を肯定した遠坂葵。

そんな彼女も、かすかに目尻《めじり》に溜まった涙までは隠しきれていなかった。

×　　×

二度と見ることもあるまいと思っていた故郷の景色の中、雁夜は足早に歩を進めた。

何度、冬木市に舞い戻ろうと、川を渡って深山町《みやまちょう》にまで踏み込むことは決してなかった。思えば一〇年ぶりになろうか。日毎《ひごと》に開発の進む新都と違って、この辺りはまるで時が止まったかのように変化がない。

記憶にあるままの閑静な町並み。だが歩調を緩めてそれらに見入ったところで、蘇ってくる思い出には快《こころよ》いものなど一つもない。そんな益体《やくたい》もない郷愁には背を向けたまま、ただ雁夜は、小一時間ほど前の葵との問答ばかりに思いを馳《は》せていた。

『……それでいいのか？』

目を伏せる葵に、思わず投げかけた詰問の言葉。あんなにも険しい声音が自分の口を衝いて出たのは、ここ数年来ないことだった。

目立たず、誰の妨げにもならず……そう心がけて生きてきた。怒りも、憎しみも、雁夜はこの深山町の寂《さび》れた町並みに置き去りにしてきた。故郷を捨てた後の雁夜には、拘《こだわ》るほどの出来事など何もなかった。どんなに卑劣なことも、醜《みにく》い事柄も、かつてこの土地で嫌悪した諸々《もろもろ》に比べれば、取るに足らないものばかりだった。

だから——そうだ。今日のように声にまで感情が出たのは、きっと八年前のこと。

あのときも雁夜は、同じ声音と剣幕で、同じ言葉を、同じ女性に投げかけたのではなかったか。

『それでいいのか？』——あのときも、問うた。年上の幼馴染みに向けて、彼女が遠坂の姓を得る日の前夜に。

忘れもしない。あのときの彼女の面持ち。

困ったように、申し訳なさそうに、それでもはにかみに頬を染めて、彼女は小さく頷いた。その慎ましい微笑に雁夜は敗北した。

『……覚悟していた……ごく当たり前の家庭の幸せなんて、求めるのは間違いよ……』

そんな言葉は、嘘だ。

八年前のあの日、彼女が若き魔術師のプロポーズを受け入れたとき、その笑顔はたしかに幸福を信じていた。

そして、その微笑みを信じたからこそ、雁夜は敗北を受け入れた。

葵を娶《めと》らんとする男は、或いは彼こそが、彼女を幸せに出来る唯一の男なのかもしれない、と。

だがそれは間違っていた。

その致命的な間違いを、雁夜は誰よりも身につまされて理解していた筈だった。魔術というものが、いかにおぞましく唾棄《だき》すべきものか、それを痛感したからこそ雁夜は運命を拒み、親兄弟と決別してこの地を去ったのではないか。

にも拘わらず、彼は許してしまった。

魔術の忌まわしさを知り、それに怯えて背を向けた彼でありながら……誰よりも大切だった女性を、よりによって、誰よりも魔術師然とした男に譲ってしまった。

いま雁夜の胸を焼くのは、悔恨《かいこん》の念。

彼は一度ならず二度までも、同じ言葉を間違えた。

『それでいいのか』と問うのではなく、『それはいけない』と断じるべきだった。

もし八年前のあの日、そう断じて葵を引き留めていれば――或いは、今日とは違う未来があったかもしれない。あのとき遠坂と結ばれなければ、彼女は魔術師の呪われた命運とは無縁のまま、ごく普通の人生を歩んでいただろう。

そして今日、もしあの昼下がりの公園で、そう断じて遠坂と間桐の決定に異を唱えていたならば――彼女は呆れたかもしれない。部外者の戯言《ざれごと》と一蹴《いっしゅう》したかもしれない。だがそれでも、葵はあんな風に自分だけを責めることはなかった。涙を噛み殺すような思いをさせずに済んだ。

雁夜は、断じて許せなかった。二度も過ちを重ねた自分を。そんな自分を罰するために、決別した過去の場所へと戻ってきた。

そこにはきっと、ただひとつ、償《つぐな》いの術がある。かつて自分が背を向けた世界。我が身可愛さに逃げ出した運命。

だが今ならば、対決できる。

この世でただ一人、悲しませたくなかった女性《ひと》を想うなら——

夕闇の迫る空の下、鬱蒼《うっそう》とそびえ立つ洋館の前で足を止める。

一〇年の時を経て、間桐雁夜はふたたび生家の門前に立った。

×　　　×

玄関先で繰り広げられた、ささやかながらも剣呑《けんのん》な押し問答の末、ほどなくして雁夜は勝手知ったる間桐邸の中で、応接間のソファに腰を据えていた。

「その面《つら》、もう二度とワシの前に晒《さら》すでないと、たしかに申しつけた筈だがな」

雁夜と差し向かいに座りながら、冷たく憎々しげに言い捨てる矮軀《わいく》の老人は、一族の家長たる間桐臓硯《ぞうけん》である。禿頭《とくとう》も手足も木乃伊《ミイラ》と見紛うほどに萎《しな》びていながら、それでいて落ちくぼんだ眼下の奥の光だけは爛々《らんらん》と精気を湛《たた》えた、容姿から風格から尋常ならざる怪人物である。

実のところ、この老人の正確な年齢は雁夜にも定かでない。ふざけたことに戸籍上の登録では彼が雁夜たち兄弟の父親ということになっている。だがその曾祖父にも、さらにその三代前の先祖にも、臓硯という名の人物は家系図に記録されていた。この男がいったい何代に亘《わた》って間桐家に君臨してきたのかは知る由もない。

語るもおぞましい手段によって延齢に延齢を重ねてきた不死の魔術師。雁夜が忌避する間桐の血脈の大本たる人物。現代に生き残る正真正銘の妖怪が彼だった。

「聞き捨てならない噂《うわさ》を聞いた。間桐の家がとんでもなく恥さらしな真似《まね》をしてる、とな」

いま相対しているのが冷酷無比かつ強大な魔術師であることは、雁夜とて重々承知していた。だが怖《お》じる気持ちは毛頭ない。雁夜が生涯を通じて憎み、嫌悪し、侮蔑《ぶべつ》してきたすべてを体現する男。たとえこの男に殺されるとしても、雁夜は最後まで相手を蔑《さげす》み抜く覚悟を固めていた。すでに一〇年前の対決からして、そういう気概で臨んだからこそ、雁夜は掟破りの離反者として間桐を離れ、自由を得ることができたのだ。

「遠坂の次女を迎え入れたそうだな。そんなにまでして間桐の血筋に魔術師の因子を残したいのか?」

詰問調の雁夜に、臓硯は忌ま忌ましげに眉を顰《ひそ》める。

「それを詰《なじ》るか? 他でもない貴様が? いったい誰のせいでここまで間桐が零落したと思っておる?

鶴野《びゃくや》めが生《な》した息子には、ついに魔術回路が備わらなんだ。間桐純血の魔術師はこの代で潰《つい》えたわ。だがな雁夜、魔術師としての素養は、鶴野よりも弟であるおぬしの方が上だった。おぬしが素直に家督を受け継ぎ、間桐の秘伝を継承しておれば、ここまで事情は切迫せなんだ。それを貴様という奴は……」

口角に泡を飛ばす勢いでまくし立てる老人の剣幕を、だが雁夜は鼻を鳴らして一蹴する。

「茶番はやめろよ吸血鬼。あんたが今さら間桐一族の存続なんぞに拘ってるとでも? 笑わせるな。新しい代の間桐が産まれなくても、あんたには何の不都合もあるまい。二〇〇年なり一〇〇〇年なりと、あんた自身が生き続ければ済む話だろうが」

そう雁夜が言い当てた途端、臓硯はそれまでの怒気を嘘のように収めて、ニヤリと口元を歪める。およそ人間らしい情緒など欠片も窺えない、それは怪物の笑みだった。

「相変わらず、可愛げのない奴よのう。身も蓋《ふた》もない物言いをしおって」

「それもこれも、あんたの仕込みだ。くだらない御託《ごたく》で誤魔化される俺じゃない」

クククク……と、さも愉快げに老人は喉《のど》の奥から湿った音を鳴らす。

「左様。おぬしや鶴野の息子よりも、なおワシは後々の世まで生き長らえることじゃろうて。だがそれも、この日毎《ひごと》に腐れ落ちる身体をどう保つかが問題でな。間桐の跡継ぎは不要でも、間桐の魔術師は必要でのう。この手に聖杯を勝ち取るためには、な」

「……結局は、それが魂胆《こんたん》か」

雁夜とて、概《おおむ》ね察しはついていた。この老魔術師が妄執のごとく追い求める不老不死。それを完璧な形で叶える『聖杯』という願望機……数世紀を経てなお往生せぬこの怪物を支えているのは、その奇跡に託す希望だけなのだ。

「六〇年の周期が来年には巡り来る。だが四度目の聖杯戦争には、間桐から出せる駒がない。鶴野程度の魔力ではサーヴァントを御しきれぬ。現にいまだ令呪すら宿らぬ有様じゃ。じゃがな、此度《こたび》の戦いは見送るにしても、次の六〇年後には勝算がある。遠坂の娘の胎盤からは、さぞ優秀な術者が生まれ落ちるであろう。アレはなかなか器《うつわ》として望みが持てる」

遠坂桜の幼い面影を、雁夜は瞼《まぶた》の裏に思い出す。

姉の凛よりも奥手で、いつも姉の後について廻っていた、か弱い印象の女の子。魔術師などという残酷な運命を背負わされるには、あまりにも早すぎる子供。

湧き上がる怒りを飲み下し、雁夜はつとめて平静を装う。

今ここで臓硯と相対しているのは交渉のためだ。感情的になって益になることは何もない。

「——そういうことなら、聖杯さえ手に入るなら、遠坂桜には用はないわけだな？」

含みのある雁夜の言い分に、臓硯は訝《いぶか》しげに目を細める。

「おぬし、何を企《たくら》んでいる？」

「取引だ、間桐臓硯。俺は次の聖杯戦争で間桐に聖杯を持ち帰る。それと引き換えに遠坂桜を解放しろ」

臓硯は一呼吸の間だけ呆気に取られ、それから侮蔑も露わに失笑した。

「カッ、馬鹿を言え。今日の今日まで何の修業もしてこなかった落伍者が、わずか一年でサーヴァントのマスターになろうだと？」

「それを可能にする秘術が、あんたにはあるだろう。爺《じい》さん、あんたお得意の蟲《むし》使いの技が」

老魔術師の目を真っ向から見据えながら、雁夜は切り札の一言を口にする。

「俺に『刻印虫《こくいんちゅう》』を植えつけろ。この身体は薄汚い間桐の血肉で出来ている。他家の娘なんかよりはよほど馴染みがいいはずだ」

臓硯の面《おもて》から表情が消え、人ならざる魔術師の顔になる。

「雁夜——死ぬ気か？」

「まさか心配だとは言うまいな？　お父さん」

雁夜が本気なのは、臓硯も理解したらしい。魔術師は冷ややかに値踏みする眼差しで雁夜を眺めながらも、ふむ、と感慨深げに息をつく。

「確かに、おぬしの素養であれば鶴野よりも望みはある。刻印虫で魔術回路を拡張し、一年間みっちりと鍛え抜けば、あるいは聖杯に選ばれるだけの使い手に仕上がるやも知れぬ。

……それにしても、解せぬな。なぜ小娘一人にそうまでして拘る？」

「間桐の執念は、間桐の手で果たせばいい。無関係の他人を巻き込んでたまるか」

「それはまた殊勝な心がけじゃのう」

臓硯はさも愉《たの》しそうに、にんまりと底意地の悪い笑みを浮かべた。

「しかし雁夜、巻き込まずに済ますのが目的ならば、いささか遅すぎたようじゃのう？　遠坂の娘が当家に来て何日目になるか、おぬし、知っておるのか？」

やにわに襲いかかってきた絶望が、雁夜の胸を押し潰す。

「爺ぃ、まさか――」

「初めの三日は、そりゃあもう散々な泣き喚《わめ》きようだったがの、四日目からは声も出さなくなったわ。今日などは明け方から蟲蔵に放り込んで、どれだけ保つか試しておるのだが、ホホ、半日も蟲どもに嬲《なぶ》られ続けて、まだ息がある。なかなかどうして、遠坂の素材も捨てたものではない」

憎しみすら通り越した殺意に、雁夜の肩が震えた。

今すぐにもこの外道の魔術師に摑《つか》みかかり、皺首を力の限り絞め上げ、へし折りたい――そんな抗《あらが》いがたい衝動が、雁夜の内側で猛り狂う。

だが雁夜とて承知していた。痩せても枯れても臓硯は魔術師。この場で雁夜一人を殺してのける程度のことは造作もない。力業に訴えたところで雁夜には欠片ほどの勝算もないのだ。

桜を救おうと思うなら、交渉以外の手段はない。

雁夜の中の葛藤《かっとう》を見透かしたのか、臓硯はまるで満足した猫が喉を鳴らすかのように、陰鬱な含み笑いを漏らした。

「さて、どうする？　すでに頭から爪先まで蟲どもに犯されぬいた、壊れかけの小娘一匹。それでもなお救いたいと申すなら、まぁ、考えてやらんでもない」

「……異存はない。やってやろうじゃないか」

雁夜は冷えきった声でそう答えた。もとより他に選択肢はなかった。

「善哉《ぜんざい》、善哉。まぁせいぜい気張るがいい。だがな、貴様が結果を出すまでは、引き続き桜の教育は続行するぞ」

カラカラと嗤《わら》う老魔術師の上機嫌は、雁夜の怒りと絶望を玩《もてあそ》ぶ愉悦によるものだった。

「ひとたび我らを裏切った出戻りの落伍者なぞよりも、アレの産み落とすであろう子供の方が、はるかに勝算は高いからな。ワシの本命はあくまで次々回の機会じゃ。今度の聖杯戦争は負け戦《いくさ》と思って、最初から勝負を捨ててかかる。

だがな、それでも万が一、貴様が聖杯を手にするようならば――応とも。そのときは無論、遠坂の娘は用済みじゃ。アレの教育は一年限りで切り上げることになろうな」

「……二言はないな？　間桐臓硯」

「雁夜よ、ワシに向かって五分の口を利《き》こうと思うなら、まずは刻印虫の苦痛に耐えて見せよ。そうさな、まずは一週間、蟲どもの苗床になってみるが良い。それで狂い死にせずにおったなら、おぬしの本気を認めてやろうではないか」

臓硯は杖に寄りかかって大儀そうに腰を上げながら、いよいよ持ち前の邪悪さを剝《む》き出しにした人外《じんがい》の微笑を雁夜に向けた。

「では、さっそく準備に取りかかろうかの。処置そのものはすぐに済む。――それとも、考え直すなら今のうちだが？」

雁夜は無言のまま、ただかぶりを振って最後の躊躇《ちゅうちょ》を拒絶した。

ひとたび体内に蟲を入れれば、彼は臓硯の傀儡《かいらい》となる。もうそれきり老魔術師への反逆は叶わない。だがそれでも、魔術師の資格さえ手に入れたなら、間桐の血を引く雁夜はまず間違いなく令呪を宿す。

聖杯戦争。遠坂桜を救済する唯一のチャンス。生身のままの自分では決して手の届かない選択肢。

　その代価として、おそらく雁夜は命を落とすだろう。他のマスターに仕留められずとも、わずか一年という短期間のうちに刻印虫を育てるとなれば、蟲に食い蝕《むしば》まれた雁夜の肉体には、ほんの数年の余命しか残されまい。

　だが、構わない。

　雁夜の決断は遅すぎた。もし彼が一〇年前に同じ覚悟を決めていたならば、葵の子供は母親の元で無事に暮らしていただろう。かつて彼の拒んだ運命が、巡り巡って、何の咎《とが》もない少女の上に降りかかったのだ。

　それを償う術はない。贖《しょく》罪《ざい》の道があるとすれば、せめて少女の未来の人生だけでも取り戻すことしかない。

　加えて、聖杯を手にするために、残る六人のマスターを悉《ことごと》く殺し尽くすというのであれば……

　桜という少女に悲劇をもたらした当事者たちのうち、少なくとも一人については、この手で引導を渡してやれる。

　〝遠坂、時臣……〟

　始まりの御三家の一角、遠坂の当主たるあの男の手にもまた、間違いなく令呪が刻まれていることだろう。

葵への罪の意識とも、朧硯への怒りとも違う、今日まで努めて意識すまいとしていた憎悪の堆積《たいせき》。

昏《くら》い復讐の情念が、間桐雁夜の胸の奥で埋火《うずみび》のように静かに燃えはじめていた。

ACT.1

−285:42:56

ウェイバー・ベルベットの才能は、誰にも理解されたためしがなかった。

魔術師として、さして名のある家門の出自でもなく、優秀な師に恵まれたわけでもない少年が、なかば独学で修業を重ね、ついには全世界の魔術師を束ねる魔術協会の総本部、通称を『時計塔』の名で知られるロンドンの最高学府に招聘《しょうへい》されるまでに到ったという偉業を、ウェイバーは何人たりとも及ばぬ栄光であると信じて疑わなかったし、そんな自分の才能を人一倍に誇っていた。我こそは時計塔開闢《かいびゃく》以来の風雲児として誰もが刮目《かつもく》するべき生徒であると、少なくともウェイバー個人はそう確信していた。

確かにベルベット家の魔術師としての血統は、まだ三代しか続いていない。先代から世継ぎへと受け継がれ、蓄積されていく魔術刻印の密度も、世代を重ねることで少しずつ開拓されていく魔術回路の数も、ウェイバーは由緒正しい魔術師の家門の末裔《まつえい》たちには些《いささ》か劣るかもしれない。時計塔の奨学生には、六代以上も血統を重ねた名門の連中が珍しくもなく在籍している。

魔術の秘奥とは一代で成せるものではなく、親は生涯を通じた鍛錬《たんれん》の成果を子へと引き継がせることで完成を目指す。代を重ねた魔導の家門ほど力を持つのはそのせいだ。

また、すべての術師が生まれながらにして持ち合わせる量が決定づけられてしまう魔術回路の数についても、歴史ある名家の連中は優生学的な手段に訴えてまで子孫の回路を増やすよう腐心してきたのだから、当然またここでも新興の家系とは格差がつく。つまり、魔術の世界とは出自によって優劣が概ね決定されてしまう……というのが通説である。

だが、ウェイバーの認識は違った。

歴史の差などというものは経験の密度によっていくらでも覆せるものである。たとえ際立った数の魔術回路を持ち合わせていなくても、術に対するより深い理解と、より手際の良い魔力の運用が出来るなら、生来の素養の差などいかようにも埋め合わせがきく——と、ウェイバーは固く信じて疑わなかったし、自らがその好例たらんとして、ひときわ積極的に自分の才能を誇示するよう努めてきた。

だが、現実はどこまでも過酷だった。血統の古さばかりを鼻にかける優待生たちと、そんな名門への阿諛追従《あゆついしょう》にばかり明け暮れる取り巻きども。そんな連中こそが時計塔の主流であり、ひいては魔術協会の性格を完全に決定づけていた。講師たちとて例外ではない。名門出身の弟子ばかりに期待を託し、ウェイバーのような〝血の浅い〟研究者には術の伝承どころか魔導書の閲覧《えつらん》すら渋る有様だ。

なぜ術師としての期待度が血筋だけで決まるのか。

なぜ理論の信憑性《しんぴょうせい》が年の功だけで決まるのか。

誰もウェイバーの問題提起に耳を傾けなかった。講師たちはウェイバーの論究を煙《けむ》に巻くような形で言いくるめ、それでウェイバーを論破したものとして後は一切取り合わなかった。

あまりにも理不尽だった。その苛立《いらだ》ちはますますウェイバーを行動へと駆り立てた。魔術協会の旧態依然とした体制を糾弾すべく、ウェイバーがしたためた一本の論文。その名も『新世紀に問う魔導の道』は、構想三年、執筆一年に亘る成果であった。持論を突き詰めつつ噛み砕き、理路整然と、一分の隙《すき》もなく展開した会心の論文。査問会の目に触れれば、必ずや魔術協会の現状に一石を投じるはずだった。

それを——事もあろうに、ただ一度流し読みしただけで破り捨てた降霊科《ユリフィス》の講師。名をケイネス・エルメロイ・アーチボルトといった。九代を重ねる魔導の名家アーチボルトの嫡男《ちゃくなん》であり、周囲からは『ロード・エルメロイ』などと呼ばれ持てはやされている。学部長の娘との婚約をとりつけて、若くして講師の椅子《いす》まで手に入れたエリート中のエリート。ウェイバーがもっとも軽蔑してやまない権威を体現する、鼻持ちならない男であった。

『君のこういう妄想癖《へき》は、魔導の探究には不向きだぞ。ウェイバーくん』——高飛車に、声音には憐憫《れんびん》の情さえ含めながら、冷ややかに見下してきたケイネス講師の眼差しを、ウェイバーは決して忘れない。ウェイバーの一九年の生涯においても、あれに勝る屈辱は他にない。

　仮にも講師職を務めるほどの才を持つのであれば、ウェイバーの論文の意味を理解できないはずがない。いや、理解できたからこそあの男は妬《や》いたのだろう。ウェイバーの秘めたる才能を畏怖《いふ》し、嫉妬《しっと》し、それが自らの立場を危うくしかねない脅威だと思ったからこそ、あんな蛮行に及んだのだ。よりにもよって――智の大成たる学術論文を破り捨てるなど、それが学究の徒のやることだろうか。

　許せなかった。世界に向けて問われるべき自分の才覚が、ただ一人の権威者の独断によって阻《はば》まれるなどという理不尽。だがそんなウェイバーの怒りに対し、共感を寄せる者は誰一人としていなかった。それほどまでに魔術協会は――ウェイバー・ベルベットの観点からすれば――根深いところまで腐りきっていた。

　だが……憤懣《ふんまん》やるかたない日々を過ごすうちに、ウェイバーはひとつの風聞を耳にした。名にしおうロード・エルメロイが、その虚栄の経歴に最後の総仕上げを施すべく、近く極東の地で魔術の競い合いに参加するという噂。

　その〝聖杯戦争〟なる競技の詳細を、ウェイバーは夜っぴて調べ上げ、その驚くべき内容に心を奪われた。

　膨大な魔力を秘めた願望機『聖杯』を賭して、英霊を現界させ使い魔として駆使することで競われる命懸けの勝ち抜き戦。肩書きも権威も何ら意味のない、正真正銘の実力勝負。

それはたしかに野蛮であったが、単純かつ誤解の余地のない優劣の決定だった。不遇の天才がここ一番の面目躍如《めんもくやくじょ》を遂げるためには、まさに理想の花舞台に思えた。

興奮醒《さ》めやらぬウェイバーに、さらに幸運の女神が微笑む。

発端は管財課の手違いだった。ケイネス講師の依頼でマケドニアから届けられた、さる英雄ゆかりの聖遺物……一般の郵便ともども弟子のウェイバーに取り次ぎを託されたソレは、本来ならばケイネス本人の立ち会いのもと開封されるよう厳命されていたはずの特別な配送だったのだ。

それが聖杯戦争におけるサーヴァント召喚のための触媒《しょくばい》であると、ウェイバーはすぐに気がついた。そのとき彼は、まさに千載一遇《せんざいいちぐう》の好機を得ていたのだ。

もはや腐敗しきった時計塔に未練はなかった。首席卒業生のメダルの輝きも、冬木の聖杯がもたらすであろう栄光に比べればゴミのようなものである。ウェイバー・ベルベットが戦いに勝利したとき、魔術協会の有象無象《うぞうむぞう》は彼の足許にひれ伏すことになるだろう。

その日のうちにウェイバーはイギリスを後にし、一路、極東の島国へと飛んだ。時計塔でも、誰がケイネス宛ての荷物を奪ったのかはすぐに判明したことだろうが、それでも追っ手がかかるようなことはなかった。ウェイバーが聖杯戦争に関心を持っていたことは誰にも知られていなかったし、またこれはウェイバーの知らなかった事実だが、ウェイバー・

ベルベットという生徒の器からすれば、せいぜいが恥辱の腹いせにケイネスの荷を隠匿する程度が関の山であろう、というのが大方の共通認識であった。まさか、かの劣等生が死を賭した魔術勝負に参加するほどの身の程知らずであろうとは誰も予想だにしなかったのだ。その点において、たしかに時計塔の面々はウェイバーという人物をまだまだ侮《あなど》りすぎていた。

かくして極東の片田舎、運命の土地、冬木市において、いまウェイバーはベッドの上で毛布のぬくもりにくるまりながら、ひっきりなしに湧《わ》いてくる笑いを噛み殺していた。いや、噛み殺しきれずにいた。カーテンの隙間から漏れ込んでくる朝の日差しに、数秒おきに右手の甲をかざして見ては、ウフフ、イヒヒと悦《えつ》に入った忍び笑いを漏らしていた。

聖遺物を手に、冬木の地に身を置き、さらに充分な魔術の素養を備えた者……これを聖杯が見逃すわけがない。はたしてウェイバーの手の甲には、サーヴァントのマスターたる証、三つの令呪が昨夜からくっきりと浮かび上がってきていた。明け方から庭でけたたましく鳴き喚《わめ》く鶏《にわとり》の声も、まったく気にならなかった。

「ウェイバーちゃ〜ん、朝御飯ですよ〜う」

階下から呼びかける老婆の声も、今朝は普段と違ってまったく不愉快ではない。ウェイバーは今日という記念すべき日をつつがなく開始するために、速やかにベッドを出て寝間着を着替えた。

　閉鎖的な島国民族の土地にありながら、冬木市という町は例外的に外来の居留者が多く、おかげでウェイバーの東洋人離れした風貌も、さほど人目を惹《ひ》くようなことはなかった。それでもウェイバーはさらに慎重を期すため、とある孤独な老夫婦に目をつけて、彼らに魔術的な暗示をかけてウェイバーのことを海外遊学から戻ってきた孫であると思い込ませ、首尾良く偽の身分と快適な住居とを手に入れていた。ホテル住まいをする費用がないという問題も一挙両得に解決されて、ウェイバーはますます自分の機転に惚《ほ》れ惚《ぼ》れしていた。

　爽快な朝を満喫するため、庭で騒ぐ鶏の声をつとめて意識から追い出しながら、ウェイバーは一階のダイニングキッチンに下りた。新聞とテレビニュースと炊事《すいじ》の湯気に彩られた庶民的な食卓が、今日も何の警戒もなく寄生者を迎え入れる。

「おはようウェイバー。よく眠れたかね？」

「うんお爺ちゃん。朝までグッスリだったよ」

　にこやかに返答しながら、ウェイバーは配膳されたトーストに分厚くママレードジャムを塗る。一斤《いっきん》一八〇円の食パンのふにゃふにゃした歯応えは、日頃から甚《はなは》だ不満だったが、そこは多めのジャムで我慢していた。

　グレン・マッケンジーとマーサ夫妻はカナダから日本に移り住んで二〇年余り。だが日本の暮らしに馴染めなかった息子は生国に戻って家庭を持ち、一〇歳まで日本で育てた孫も、顔を見せないどころか便りもないままに七年が経つという。——以上の情報は、ウェイバーが催眠術で老人から聞き出したものだ。お誂《あつら》え向きな家族構成を気に入ったウェイバーは、老夫婦が理想として思い描く孫のイメージを暗示で自分とすり替え、まんまと二人の愛孫『ウェイバー・マッケンジー』に成り済ましていたのである。

「それにしても、なぁマーサ。今朝は明け方から鶏の声がうるさくてかなわんが、アレは何だろうね？」

「うちの庭に鶏が三羽いるんですよ。一体どこから来たのかしらねぇ……」

咄嗟《とっさ》に言い訳しようとして、ウェイバーは口に詰め込んでいたパンに咽《む》せかかる。

「あ、あれはね……友達のペットを預かってるんだ。なんでも旅行で留守にするとかで。今夜には返してくるから」

「あらあら、そうだったの」

さほど気にかけていたわけでもなかったらしく、二人はすんなりと納得した。この老夫婦の耳が遠かったのは幸いと言えよう。三羽の鶏のけたたましさは、その日すでに近隣の住人から存分に顰蹙《ひんしゅく》を買っていた。

だが苦労の程から言えば、一番災難だったのはウェイバーである。昨夜、令呪が宿ったと知るや喜び勇んで儀式の生贄の調達にかかったものの、まさか町の近隣で養鶏場を見つけるのがこんなに大変とは思わなかった。やっとのことで鶏小屋を探し当て、さらに三羽を捕まえるまでにまた小一時間。白みはじめた空の下をようやく家に帰りついた頃には、すでに全身鶏糞《けいふん》まみれ、啄《ついば》まれた両手は血まみれだった。

時計塔にいた頃なら生贄用の小動物などいくらでも用意されていたというのに、どうして自分ほどの天才魔術師が、たかだか鶏三羽のためにここまで惨《みじ》めな思いをするのか、ウェイバーは悔しさの余り泣きたい気分だったが、それでも朝まで右手の令呪を眺めているうちに気分はすっかり晴れやかになった。

儀式の決行は今夜。あの鬱陶《うっとう》しい鶏どももそれまでの命だ。

そしてウェイバーは最強のサーヴァントを手に入れる。二階の寝室のクローゼットに隠してある聖遺物——あれがどれほど偉大な英霊を呼び寄せる媒介となるのか、すでにウェイバーは知っている。

干涸《ひか》らび、なかば朽ち果てた一片の布。それはかつて、とある大王の肩を飾っていたマントの切れ端である。アケメネス朝ペルシアを殲滅し、ギリシアから西北インドに到る世界初の大帝国を建設した伝説の『征服王』……その英霊が、今宵《こよい》、召喚によってウェイバーの膝下《しっか》に降《くだ》るのだ。彼を栄光の聖杯へと導くために。

「……お爺ちゃん、お婆ちゃん、今夜は友達の家に鶏を返しに行くから、帰りは遅くなると思うけど、心配しなくていいからね」

「うむ、気をつけるんだよ。近頃は冬木も物騒らしいからな」

「本当。あの噂の連続殺人鬼、また犠牲者が出たそうですよ。恐い世の中になったものねえ」

長閑《のどか》な食卓で、安物の八枚切り食パンを頬張りながら、いまウェイバーは生涯最高の幸福感に包まれていた。相変わらずの鶏の鳴き声が、ほんの少しだけ耳障りではあったが。

−282:14:58

その闇は、一〇〇〇年を経て蓄積された妄執に澱《よど》んでいた。

衛宮切嗣とアイリスフィールが当主の呼び出しを受けて赴いたのは、アインツベルン城の礼拝堂――この氷に閉ざされた古城の中でも、もっとも壮麗かつ暗鬱な場所だった。

神の恩寵《おんちょう》を讃《たた》える癒しの場などでは、むろんない。魔術師の居城における祈禱《きとう》の場とは、すなわち魔導の式典を執り行う祭儀の間である。

故に、仰ぎ見る頭上のステンドグラスも聖者の絵姿ではなく、そこに描かれているのは聖杯を求めて彷徨《ほうこう》したアインツベルン家の悠久の歴史だった。

始まりの御三家においても、アインツベルンが聖杯に費やした歳月はなお古い。

凍てついた深山に自らを封じ込め、外部との交わりを頑《かたく》なに絶ったまま、彼らはおよそ千年もの昔から聖杯の奇跡を追い求めてきた。だがそんな彼らの探求は――挫折《ざせつ》と屈辱、そして苦肉の打開策。その繰り返しだったと言っていい。

独力での成就《じょうじゅ》を諦め、ついに遠坂とマキリという外部の家門との協定を余儀なくされたのが二〇〇年前。

そうして始まった聖杯戦争でも、つねにマスターの戦闘力で遅れを取ったが故に、ただの一度として勝利せず——結果として、戦《いくさ》慣れした魔術師を外から招き入れるしかないという決断に至ったのが九年前。

いわば衛宮切嗣は、血の結束を誇りとしてきたアインツベルンが二度目に信条を曲げてまで用意した切り札だった。

回廊を歩きながら、切嗣は漫然と、絵窓のうち比較的新しい一枚に目を留めた。

そこに描かれているのは、アインツベルンの『冬の聖女』ことリズライヒ・ユスティーツァと、その左右に侍《はべ》る二人の魔術師が天空の杯に手を差し伸べている姿である。その絵柄の構図、意匠のバランスとを観察すれば、いかに二〇〇年前のアインツベルン家がマキリと遠坂を卑下《ひげ》し、そんな彼らの助力を仰がざるを得なかったことに屈辱を感じていたか、ありありと窺い知れる。

今度の戦いに勝ち残れば——切嗣は胸の中の皮肉に、独り、小さく苦笑した——この自分の姿も、あんな風にさも不本意だと言わんばかりの構図でステンドグラスに組み込まれるのだろうか。

冬の城の主《あるじ》たる老魔術師は、祭壇の前で切嗣とアイリスフィールを待ち受けていた。

ユーブスタクハイト・フォン・アインツベルン。八代目当主の座を嗣《つ》いでからは『アハト』の通り名で知られている。延齢に延齢を重ね、すでに二世紀近い永きに亘って生き長らえながら、聖杯〝探求〟が聖杯〝戦争〟へと転換されて以降のアインツベルンを統べてきた人物である。

ユスティーツァの時代こそ知らない彼だが、以後の第二次聖杯戦争から、一度ならず二度までも大敗を喫してきたアハト翁《おう》にとって、今回の三度目のチャンスに臨んでの焦《あせ》りは並々ならぬものだった。九年前、当時〝魔術師殺し〟の悪名を轟《とどろ》かせていた衛宮切嗣を、その腕前だけを見込んでアインツベルンに迎え入れたのも、老魔術師が勝利に逸《はや》るあまりの決断だった。

「かねてよりコーンウォールで探索させていた聖遺物が、今朝、ようやく届けられた」

氷結した滝を思わせる白髭の束を手でしごきながら、アハト翁は落ちくぼんだ眼窩《がんか》の奥の、まったく老いを窺わせない強烈な眼光で切嗣を見据えた。永らくこの古城に住まう切嗣だが、顔を合わせるたびに当主から浴びせられる偏執症めいたプレッシャーには、だいぶ以前から辟易《へきえき》していた。

老当主が手で示した祭壇の上には、仰々しく梱包された黒檀《こくたん》の長櫃《ちょうひつ》が載せられている。

「この品を媒介とすれば、〝剣の英霊〟として、およそ考え得る限り最強のサーヴァントが招来されよう。切嗣よ、そなたに対するアインツベルンの、これは最大の援助と思うがよい」

「痛み入ります。当主殿」

固く無表情を装ったまま、切嗣は深々と頭を垂れた。

アインツベルンが開祖以来の伝統を破って外部の血を迎え入れたことを、聖杯は何の不思議もなく受け入れたらしい。衛宮切嗣の右手にはすでに三年も前から令呪が刻まれていた。まもなく始まる四度目の聖杯戦争に、彼はアインツベルン千年の悲願を背負って参戦するのである。

切嗣の隣で、同様に恭《うやうや》しく面《おもて》を伏せているアイリスフィールに、老当主は視線を転じる。

「アイリスフィールよ、器の状態は？」

「何の問題もありません。冬木においても、つつがなく機能するものと思われます」

淀《よど》みなく返答するアイリスフィール。

願望機たる〝万能の釜〟は、それ単体では霊的存在でしかなく実体を持ち合わせていない。よってそれを『聖杯』として完成させるには、依《よ》り代《しろ》となるべき〝聖杯の器〟に降霊させる必要がある。それを巡る七人のサーヴァントの争奪戦そのものが、いわば降霊の儀式と言ってもいい。

その器たる人造の聖杯を用意する役は、聖杯戦争の開始以来、代々のアインツベルンが請け負ってきた。そして今回の第四次聖杯戦争で『器』を預かる役を任せられたのがアイリスフィールである。彼女は切嗣とともに冬木へと向かい、戦いの地に居合わせなくてはならない。

アハト翁は、その双眸《そうぼう》に狂おしいまでの強い光を宿したまま、厳《いか》めしく頷いた。

「今度ばかりは……ただの一人たりとも残すな。六のサーヴァント総てを狩りつくし、必ずや第三魔法、天の杯《ヘブンズフィール》を成就せよ」

「「御意に」」

魔術師とホムンクルス、ともに運命を負わされた夫妻は、呪詛めいた激情を込めて発せられた老当主の勅命に、声を揃えて返答する。

だが内心において、切嗣はこの老いさらばえた当主の妄執に呆れはてていた。

成就……アインツベルンの長《おさ》が万感の思いを込めるのは、ただその一言のみ。そう、もはやアインツベルンの精神には〝成就〟への執念しかないのだ。

魂の物質化という神の業。失われたとされるその秘技を求めて一千年……そんな気の遠くなるような放浪のうち、彼らはすでに手段と目的とを履き違えるまでになっていた。

その永きに亘る探求が無益なものでなかったという確証を得たいがためだけに、ただ〝それが在る〟ことを確かめるためだけに聖杯を摑まんとするアインツベルン。彼らにとって、呼び出した聖杯が何のためのものであるかという目的意識は、もはや眼中にさえない。

〝いいだろう。お望みの通り、あんたの一族が追い求めた聖杯はこの手で完成させてやる〟

アハト翁に劣らぬ熱を込めて、衛宮切嗣は胸の中で呟いた。

〝だが、それだけでは終わらせない。万能の釜の力を以《もっ》て、僕は僕の悲願を遂げる……〟

×　×

私室に戻った切嗣とアイリスフィールは、当主に託された長櫃を開け、その中身に目を奪われていた。

「まさか、本当にこんなものを見つけてくるなんて……」

滅多なことでは動揺しない切嗣も、こればかりは感銘を受けたらしい。

剣の鞘《さや》、である。

黄金の地金に、目の醒めるような青の琺瑯《ほうろう》で装飾を施した豪勢な拵《こしら》えは、武具というより王冠や笏杖《しゃくじょう》といった、貴人の威を示す宝具を思わせる。中央部に彫られた刻印は、失われて久しい妖精文字。この鞘が人ならざる者の手による工芸品であることを証明している。

「……なんてこった、疵《きず》ひとつない。これが一五〇〇年も前の時代の発掘品だって？」

「これ自体が一種の概念武装ですもの。物質として当たり前に風化することはないでしょうね。聖遺物として召喚の媒介に使うまでもなく、これは魔法の域にある宝物よ」

内張りの施されたケースの中から、アイリスフィールは黄金の鞘を恭しく手に取り、持ち上げる。

「ただ装備しているだけで、この鞘は伝説の通りに持ち主の傷を癒し、老化を停滞させる……もちろん、〝本来の持ち主〟からの魔力供給があればの話だけれど」

「つまり、呼び出した英霊と対にして運用すれば、これ自体を〝マスターの宝具〟として活用できるわけだな」

鞘の神々しいまでに美しい意匠に見惚《みと》れていたのも束の間、早くもそれを〝道具〟として実用的に扱う方向で思考しはじめている切嗣に、アイリスフィールはやや呆れた風に苦笑した。

「あなたらしいわね。道具はどこまでも道具、というわけ?」

「それを言うなら、サーヴァントにしてもそうだ。どんな名高い英雄だろうと、サーヴァントとして召喚されればマスターにとっては道具も同然……そこに妙な幻想を持ち込む奴は、きっとこの戦いには勝ち残れない」

父親や夫としてではなく、戦士としての側面を覗かせるとき、衛宮切嗣の横顔は限りなく冷酷になる。かつて、まだ夫の心の内を理解するより以前のアイリスフィールには、そんな切嗣が畏怖の対象だった。

「そんなあなたにこそ、この鞘は相応しいと——それが大お爺様の判断なのね」

「果たして、そうなんだろうか?」

切嗣は明らかに不満げだった。手を尽くして用意させた聖遺物に対する、これが婿養子の反応だと知ったなら、アハト翁は怒りに言葉を失っていただろう。

「大お爺様の贈り物が、ご不満？」

切嗣の不遜《ふそん》を咎めるどころか、どことなく面白がっている風な様子でアイリスフィールが訊く。

「まさか。ご老体はよくやってくれた。他にこれほどの切り札を手にしたマスターはいないだろうさ」

「じゃあ、何がいけないの？」

「これだけ〝縁《ゆかり》の品〟として完璧な聖遺物があるなら、間違いなく召喚に応じるのは目当ての英霊になるだろう。マスターである僕との相性などは二の次にして、ね……」

本来ならば、サーヴァントの召喚に際しては、招き寄せられる英霊の質はマスターの精神性によって大きく左右される。召喚する英霊を特定しなければ、原則的には召喚者の性格と似通った魂の持ち主が呼び出されることになる。だが聖遺物による縁《えにし》はそれに優先される要素だ。聖遺物の来歴が確実であればあるほど、現界する英霊は単一に絞り込まれていく。

「……つまりあなたは、『騎士王』との契約に不安があるのね」

「当然だろう。およそ僕ぐらい騎士道なんてものと程遠いところにいる男はいないぜ」

やや冗談めかした風に、切嗣は酷薄な笑みを浮かべた。

「正面切っての決闘なんて僕の流儀じゃない。それが生存戦《バトルロイヤル》ともなれば尚更だよ。狙うとしたら寝込みか背中だ。時間も場所も選ばずに、より効率よく、確実に仕留められる敵を討つ。……そんな戦法に、高潔なる騎士サマが付き合ってくれるとは思えないからね」

アイリスフィールは黙して、曇り一つない鞘の輝きに見入る。

確かに切嗣はそういう戦士だ。勝利のためにはどんな手段も厭《いと》わない。おそらく試してみるまでもなく、かつてこの鞘を帯びていた人物との相性は最悪だろう。

「……でも、惜しいんじゃなくて？　『約束された勝利の剣《エクスカリバー》』の担い手ともなれば、間違いなく『セイバー』のクラスとしては最高のカードよ」

そう。

この輝く鞘こそは、かの至上の宝剣と対になるもの。遠く中世より語り継がれる伝説の騎士王、アーサー・ペンドラゴンの遺品に他ならない。

「そうだな。ただでさえ『セイバー』は聖杯が招く七つの座《クラス》のうちでも最強とされている。そこに、かの騎士王を据えられるとなれば……僕は無敵のサーヴァントを得ることになるだろう。

問題はね、その最強戦力をどう使いこなせばいいのか、なんだ。正直なところ、扱い易《やす》さだけで言うなら『キャスター』か『アサシン』あたりの方が、よほど僕の性に合ってたんだけどね」

そのとき——贅《ぜい》を尽くしたフランボワイヤン様式の内装に全く似つかわしくない、軽薄な電子音が、二人の会話に割り込んだ。

「ああ、ようやく届いたか」

樫材《かしざい》の重厚な執務机の上に、無造作に置かれたラップトップ式のコンピューターは、まさに手術台の上のミシンの如き珍奇な組み合わせだった。由緒正しい魔導の家門の常として、科学技術にまるで利便性を見出さないのはアインツベルンも例外ではない。アイリスフィールの目には卦体《けったい》きわまりなく映るこの小さな電算機は、切嗣個人が城に持ち込んだ私物である。こういう機具の使用に抵抗感を持たない魔術師というのはそれだけで希《け》有な存在だが、切嗣がまさにその一人だった。かつて彼が城に電話線と発電機を設けるよう要求した折は、老当主と一悶着《ひともんちゃく》あった程である。

「……何なの？　それ」

「ロンドンの時計塔に潜り込ませていた連中からの報告だ。今度の聖杯戦争のマスターについて、調べさせていたんでね」

切嗣は執務机に戻ると、慣れた手つきでキーボードを操作し、新着の電子メールを液晶ディスプレイに表示した。それが『インターネット』と称する、近頃、都市部で普及しはじめた新技術によるものだという説明は、アイリスフィールも聞いたことがあったが、彼女には夫の丁寧な説明でさえ一割程度も理解できずにいた。

「……ふむ、判明したのは四人まで、か。

遠坂からは、まぁ当然ながら今代当主の遠坂時臣。〝火〟属性で宝石魔術を扱う手強《てごわ》い奴だ。

間桐は間桐で、当主を継がなかった落伍者を強引にマスターに仕立てたらしい。無茶をする……あそこの老人も必死だな。

外来の魔術師には、まず時計塔から一級講師のケイネス・エルメロイ・アーチボルト。ああ、こいつなら知っている。〝風〟と〝水〟の二重属性を持ち、降霊術、召喚術、錬金術に通ずるエキスパート。今の協会では筆頭の花形魔術師か。厄介《やっかい》なのが出てきたもんだ。

それと、聖堂教会からの派遣が一人……言峰綺礼。もと〝第八〟の代行者で、監督役を務める言峰璃正神父の息子。三年前から遠坂時臣に師事し、その後に令呪を授かったことで師と決裂、か。フン、何やらキナ臭《くさ》い奴だな」

引き続き画面をスクロールさせながら、詳細《しょうさい》な調査内容に目を通していく切嗣の様子を、アイリスフィールは手持ち無沙汰《ぶさた》に眺めていたが、そのうちにふと気がついた。いつの間にか、モニターに見入る切嗣が表情を引き締め、剣呑な面持ちになっている。

「……どうか、しました？」

「この、言峰神父の息子。経歴まで洗ってあるんだが――」

アイリスフィールは切嗣の後ろから液晶ディスプレイを覗き込み、彼の指さしている箇所に目を走らせた。紙でなく画面から文字を読みとるのには慣れていないので難儀したが、真顔の切嗣の前ではそんな愚痴《ぐち》も言っていられない。

「……言峰綺礼。一九六七年生まれ。幼少期から父、璃正の聖地巡礼に同伴し、八一年にはマンレーサの聖イグナチオ神学校を卒業……二年飛び級で、しかも首席？　大した人物のようね」

切嗣は憮然《ぶぜん》として頷いた。

「このまま行けば枢機卿《すうきけい》にでもなりかねない勢いだったが、ここで出世街道を外れて聖堂教会に志願してる。他にいくらでも展望があったのに、何故、よりによって教会の裏組織に身を落とすような真似をしたのか」

「父親の影響かしら？　言峰璃正も聖堂教会の所属よね」

「だったら最初から、父親と同じ聖遺物回収を目指したはずだ。たしかに綺礼は最終的に父と同じ部署に落ち着くが、その前に転々と三度も所属を替えて、一度は『代行者』にまで任命されたこともある。まだ十代のうちに、だぞ。生半可《なまはんか》な根性でできることじゃない」

それは聖堂教会においてもひときわ血腥《ちなまぐさ》い部署、異端討伐《とうばつ》の任を負う修羅の巣窟《そうくつ》とも言うべき役職である。『代行者』の称号を得たというのは、すなわち第一級の殺戮者、人間兵器としての修練を潜り抜けてきたことを意味している。

「狂信者だったんじゃないかしら。幼くて純粋すぎるほどに、一線を越えて信仰にのめり込むことも有り得るわ」

アイリスフィールの意見に、だが切嗣はまたしてもかぶりを振った。

「違うだろうな……それだと、ここ三年のこいつの近況が納得できない。

魔術協会への出向なんて、信仰に潔癖であれば無理な相談だ。いちおう聖堂教会からの辞令だったらしいし、教義そのものより組織に対して忠義を誓っていたのかもしれないが、だとしても、ここまで本気で魔術に打ち込む理由はないはずだ。

——見なよ。遠坂時臣が魔術協会に提出した、綺礼に関する報告だ。修得したカテゴリーは練金、降霊、召喚、卜占《ぼくせん》……治癒魔術については師である遠坂すら超えている。この積極性は何なんだ？」

アイリスフィールはさらに先へとテキストを読み進め、結びの文章に総括されている言峰綺礼の能力分析に目を通した。

「……ねぇあなた。たしかにこの綺礼というのは変わり者のようだけれど、そこまで注目するほどの男なの？　色々と多芸を身につけてるみたいだけれど、格別に際立ったものは何もないじゃない」

「ああ、そこがますます引っかかるんだよ」

解せない様子のアイリスフィールに、切嗣は根気よく説明した。

「この男は何をやらせても〝超一流〟には到らない。天才なんて持ち合わせていない、どこまでも普通な凡人なんだよ。そのくせ努力だけで辿り着けるレベルまでの習熟は、おそろしく速い。おそらく他人の十倍、二十倍の鍛錬をこなしてるんだ。そうやって、あと一歩のところまで突き詰めて、そこから何の未練もなく次のジャンルに乗り換える。まるでそれまで培《つちか》ってきたものを屑《くず》同然に捨てるみたいに」

「……」

「誰よりも激しい生き方ばかりを選んできたくせに、この男の人生には、ただの一度も〝情熱〟がない。こいつは――きっと、危険なヤツだ」

切嗣はそう結論づけた。その言葉の裏に秘められた意味を、アイリスフィールは知っている。

彼が『厄介だ』と言うときには、敵を疎《うと》んじてはいても、実のところ脅威とまでは見なしていない。そういう敵に対する対処も勝算も、すでに切嗣の中では八割方完成している。だが『危険だ』というコメントは……衛宮切嗣という男が本気で牙を剝《む》くべき相手と見込んだ場合にだけ、贈られる評価なのだ。

「この男はきっと何も信じていない。ただ答えを得たい一心であれだけの遍歴をして、結局、何も見つけられなかった……そういう、底抜けに虚《うつ》ろな人間だ。こいつが心の中に何か持ち合わせているとするなら、それは怒りと絶望だけだろう」

「……遠坂時臣やアーチボルトよりも、あなたにとっては、この代行者の方が強敵だと？」

しばし間をおいてから、切嗣はきっぱりと頷いた。

「——恐ろしい男だな。

たしかに遠坂やロード・エルメロイは強敵だ。だがそれ以上に、僕にはこの言峰綺礼の〝在り方〟が恐ろしい」

「在り方？」

「この男の中身は徹底して空虚だ。願望と呼べるようなものは何ひとつ持ち合わせないだろう。そんな男が、どうして命を賭してまで聖杯を求める？」

「……聖堂教会の意向ではないの？　あの連中は冬木の聖杯を聖者ゆかりの品と勘違いして狙っている、っていう話よね」

「いいや、たかだかその程度の動機しかない人間に、聖杯は令呪を授けない。この男はマスターとして聖杯に選ばれた。聖杯を手にするだけの所以《ゆえん》を持ち合わせているはずなんだ。それが何なのか、まるで見えないのが恐ろしい」

深く溜息をつき、沈鬱な眼差しで、切嗣はじっと液晶ディスプレイに見入った。無味乾燥な文字のみによって語られる言峰綺礼の人物像から、それ以上のものを見出そうとして。

「こんな虚ろな、願望を持ち合わせていない人間が、聖杯を手にしたらどうなると思う？

この男の生涯は絶望の積み重ねだけで出来ている。願望機としての聖杯の力を、その絶望の色で染め上げるかもしれない」

暗い感慨に耽《ふけ》る切嗣を、アイリスフィールは戒める意味で、力強くかぶりを振った。

「私の預かる聖杯の器は、決して誰にも渡さない。聖杯の満たされる時、それを手にするのは――切嗣、あなただけよ」

アインツベルンの長老が、ただ聖杯の完成だけを悲願とするのであろうとも……若い二人には、その先にこそ叶えるべき願いがある。夢がある。

切嗣はラップトップコンピューターの蓋を閉じ、アイリスフィールの肩を抱き寄せた。

「どうあっても、負けられないな」

彼の妻たる女は、いま自らの家門の悲願より、夫たる男と志を同じくしている。その事実は深く切嗣の心に響いた。

「……策が閃《ひらめ》いたよ。最強のサーヴァントを、最強のままに使い切る方法が」

－282:14:41

同じ頃、遠く海を隔てた東の地においても、衛宮切嗣と同様にイギリスに潜ませた間諜《かんちょう》からの報告を受け取っている者がいた。

正統なる魔術師である遠坂時臣は、切嗣のように俗世の最新技術などは用いない。彼が頼みとする遠隔通信の手段は、宝石魔術を代々継承してきた遠坂家ならではの秘術である。

冬木市は深山町の高台に聳《そび》える遠坂邸。その地下に設けられた時臣の工房には、俗にブラックバーン振り子と呼ばれる実験道具に似た装置が用意されている。ただの物理科学の器具と違うのは、振り子の錘《おもり》になっているのが遠坂伝来の魔力を帯びた宝石である点と、それを吊す紐《ひも》を伝ってインクが宝石を濡らす仕掛けになっていることである。

この振り子の宝石と対になる石が、遠坂の間諜には預けられている。その石をペン軸の先端に塡《は》めて文字を書くと、それに共振して振り子の宝石が揺れはじめ、滴《したた》り落ちるインクが下のロール紙に寸分違わぬ文字を描き出す、という仕組みなのだ。

いま魔石の振り子は、ちょうど地球の反対側のロンドンにある対の石に共振しはじめ、一見無秩序に見える奇怪な反復運動で、すらすらと正確に報告者の筆致を再現しはじめた。

それに気付いた時臣は、まだインクの生乾きの用紙を取り上げて、逐一《ちくいち》、その記述に目を通していった。

「――何度見てもいかがわしい仕掛けですね」

その様を傍らで見守っていた言峰綺礼が、忌憚《きたん》のない感想を漏らす。

「フフ、君にはファクシミリの方が便利にでも見えるかね？　これなら電気も使わないし故障もない。情報漏洩《ろうえい》の心配も皆無だ。なにも新しい技術に頼らなくても、われわれ魔術師はそれに劣らず便利な道具を、とうの昔に手に入れている」

それでも綺礼から見れば、誰にでも扱えるＦＡＸの方が利便性ははるかに高いと思えたが、そういう手段を〝誰もが〟使うという必然性は、きっと時臣の理解の外にあるのだろう。貴人と平民とでは、手にする技術も知識も異なっていて当たり前……今の時代にもそういう古風な認識を貫いている時臣は、まさに筋金入りの〝魔術師〟だった。

「『時計塔』からの最新の報告だ。〝神童〟ことロード・エルメロイが新たな聖遺物を手に入れたらしい。これで彼の参加も確定のようだな。ふむ、これは歯応えのある敵になりそうだ。これで既に判明しているマスターは、我々も含めて五人か……」

「この期に及んでまだ二人も空席があるというのは、不気味ですね」

「なに。相応しい令呪の担い手がいない、というだけのことだろう。時が来れば聖杯は質を問わず七人を用意する。そういう員数合わせについては、まぁ概ね小物だからな。警戒には及ぶまい」

時臣らしい楽観である。三年の期間を師事してよく解ったが、綺礼の師たるこの人物は、こと準備においては用意周到でありながら、いざ実行に移す段になると足元を見なくなるという癖《くせ》がある。そういう些末《さまつ》な部分に気を配るのは、むしろ自分の役目なのだろう、と、すでに綺礼も納得済みだった。

「まぁ用心について言うのなら——綺礼、この屋敷に入るところは誰にも見られていないだろうね？　表向きには、我々は既に敵対関係なのだからね」

遠坂時臣の筋書き通り、事実は歪曲《わいきょく》して公表されていた。すでに三年前から聖杯に選ばれていた綺礼だが、彼は時臣の命により右手の刻印を慎重に隠し通し、今月になってからようやく令呪を宿したことを公《おおやけ》にした。その時点で、共に聖杯を狙う者同士として師の時臣と決裂したことになっている。

「ご心配なく。可視不可視を問わず、この屋敷を監視している使い魔や魔導器の存在はありません。それは——」

「——それは、私が保証いたします」

第三者の声が割り込むとともに、綺礼の傍らに黒い影が、ゆらり、と蟠《わだかま》った。

それまで霊体として綺礼に同伴していた存在が、実体化して時臣の前に姿を現したのである。

長身痩軀《そうく》のその人影は、だが人間とは桁違《けたちが》いの魔力を帯びた〝人と異《い》なるもの〟だった。

漆黒のローブに身を包み、白い髑髏《どくろ》を模した仮面で貌《かんばせ》を隠した怪人物。

そう、彼こそは第四次聖杯戦争に臨んで最初に呼び出され、言峰綺礼との契約によって『アサシン』の座《クラス》に宿ったサーヴァント――ハサン・サッバーハの英霊だった。

「いかな小細工《こざいく》を弄《ろう》そうとも、間諜の英霊たるこのハサンめの目を誤魔化すことは敵いませぬ。我がマスター、綺礼の身辺には、現在いかなる追跡の気配もなし……どうかご安心くださいますよう」

主《あるじ》たる言峰綺礼の、さらに上に立つ盟主として時臣のことを了解しているのだろう。アサシンは恭しく頭を垂れて報告した。

さらに綺礼が言葉を続ける。

「聖杯に招かれた英霊が現界すれば、どの座《クラス》が埋まったかは間違いなく父に伝わります」

聖杯戦争の監督役を務めるにあたり、現在、専任司祭という形で冬木教会に派遣されている璃正神父の手元には、『霊器盤』と呼ばれる魔導器が預けられている。これには聖杯が招いた英霊の属性を表示する機能がある。

マスターの身元は個々の申告によって確かめるしか他にないが、現界したサーヴァントの数とそのクラスについては、召喚がいずこの地で行われようと、必ず『霊器盤』によって監督役の把握するところとなるのだ。

「父によれば、現界しているサーヴァントはいまだ私のアサシン一体のみ。他の魔術師たちが行動を起こすのは、まだ先のことと思われます」

「うむ。だがそれも時間の問題だ。いずれこの屋敷の周囲には他のマスターの放った使い魔どもが右往左往するようになるだろう。ここと間桐邸、それにアインツベルンの別宅は、すでにマスターの根城として確定しているからな」

御三家に対する外来の魔術師たちのアドバンテージは、その正体が秘匿《ひとく》されている点にある。それゆえ聖杯戦争の前段階では、どの家門でも密偵を使った諜報戦に明け暮れることになる。

綺礼は時臣の情報網を信用していないわけではなかったが、残る二人の謎のマスターが、その上を行く手段で正体を隠蔽《いんぺい》している可能性も警戒していた。そういう策略家の敵に対処するとなれば、綺礼が得たアサシンのサーヴァントは最大限の力を発揮する。

「この場はもういい。アサシン、引き続き外の警戒を。念には念を入れてな」

「御意」

綺礼の下知を受けて、アサシンはふたたび非実体化してその場から姿を消した。根本的に霊体であるサーヴァントは、実体から非実体へと自在に転位することができる。

他のクラスにはない『気配遮断』という特殊能力を備えたアサシンは、隠密《おんみつ》行動においては他の追随を許さない。自ら勝ちを狙うのでなく時臣を掩護《えんご》するのが役目の綺礼にとって、アサシン召喚は最善の選択だった。

戦略はこうだ。

まず綺礼のアサシンが奔走《ほんそう》し、他のマスター全員の作戦や行動方針、サーヴァントの弱点などについて徹底的に調査する。そして各々の敵に対する必勝法を検証した後で、時臣のサーヴァントが各個撃破で潰していく。

そのために時臣は、徹底して攻撃力に特化したサーヴァントを召喚する方針でいるという。だが彼がどんな英霊に目をつけているのか、まだ綺礼は聞かされていない。

「私の手配していた聖遺物は、今朝ようやく到着した」

綺礼の表情から察したと見えて、時臣は問いに先回りしてそう答えた。

「希望通りの品が見つかったよ。私が招くサーヴァントは、すべての敵に対し優位に立つだろう。およそ英霊である限り、アレを相手にして勝ち目はない」

そうほくそ笑む時臣は、持ち前の不敵な自信に満ちあふれていた。

「さっそく今夜にも召喚の儀を行う。——他のマスターの監視がないというのなら、綺礼、君も同席するといい。それにお父上も」

「父も、ですか?」

「そうだ。首尾よくアレを呼び出したなら、その時点で我々の勝利は確定する。喜びは皆で分かち合いたい」

こういう傲岸《ごうがん》なまでの自信を、何の衒《てら》いもなく誇示できるところが、遠坂時臣の持ち味といえよう。その器の大きさに、綺礼は呆れると同時に敬服もしていた。

ふと綺礼は、振り子の宝石に目をやった。ロール紙に認《したた》められる宝石の揺れは、まだ止むことなく続いている。

「まだ他にも、続きがあるようですが」

「ん？　ああ、それは別件の調査でね。最新のニュースじゃない。——おそらくアインツベルンのマスターになるであろう男について、調査を依頼しておいたんだ」

外界との接触を断絶しているアインツベルン家についての情報は、ロンドンの時計塔においてもきわめて手に入りにくい。だが時臣はそのマスターについて心当たりがあると、かねてから語っていた。手元の紙を巻いて書見台に置くと、彼は新たな印字紙を手元に取り寄せる。

「——今から九年ほど昔になるか。純血の血統を誇ってきたアインツベルンが、唐突に外部の魔術師を婿養子に迎え入れた。協会でもちょっとした噂になったんだが、その真意を見抜いたのは、私と、あとは間桐のご老体ぐらいなものだろう。

もともと錬金術ばかりに特化したアインツベルン家の魔術師は、荒事に向いていない。過去の聖杯戦争での敗北も、すべてそれが原因だった。それでいよいよ連中も痺《しび》れを切らしたのだろう。招かれた魔術師というのが〝いかにも〟という人物だった」

喋《しゃべ》りながらもざっと流し読みを済ませた印字紙を、時臣は綺礼に手渡した。『調査報告：

衛宮切嗣』という記述を見咎《みとが》めて、綺礼の目がわずかに細まる。

「この名前……聞き覚えがあります。かなり危険な人物だとか」

「ほう、聖堂教会にも轟《とどろ》いていたか。〝魔術師殺し〟の衛宮といえば、当時はかなりの悪名だった。表向きは協会に属さないはぐれ者だったが、上層部の連中は奴をいろいろと便利に使っていたようだ」

「教会《われわれ》で言うところの、代行者のようなものですか？」

「もっと性《たち》が悪い。あれは魔術師専門に特化した、フリーランスの暗殺者のようなものだった。魔術師として魔術師を知るが故に、もっとも魔術師らしからぬ方法で魔術師を追いつめる……そういう下衆《げす》な戦法を平然とやってのける男だ」

嫌悪《けんお》もあらわにそう語る時臣の語調で、綺礼はむしろその衛宮切嗣という人物に興味を持った。たしかに噂には聞いていたし、過去に聖堂教会と対立したこともあるらしく、要注意人物という勧告も受けていた憶えがある。

渡された資料に目を通してみる。記述の大部分は、衛宮切嗣の戦術に関する考察——彼の仕業と推測される魔術師の変死や失踪と、その手口の分析に費やされていた。読み進むうちに、時臣がこの男を忌避する理由が段々と綺礼にも見えてきた。狙撃や毒殺はまだ序の口。公衆の面前で爆殺したり、乗り合わせた旅客機ごと撃墜、などという信じがたい報告もある。かつて無差別テロ事件として世間に報道された大惨事《だいさんじ》が、じつはただ一人の魔術師を標的とした衛宮切嗣による犯行ではないかという推測まであった。確証はないものの、列挙された証拠を読む限りでは確かに信憑性《しんぴょうせい》が高い。

暗殺者、という表現はなるほど至極妥当《だとう》だった。魔術師同士の対立が殺し合いに発展するケースはままあるが、それらは往々にして純然たる魔術勝負、決闘じみた形式の段取りで解決されるのが常である。その意味では聖杯戦争もまた同様で、〝戦争〟などと称されながらも決して無秩序な殺戮ではなく、いくつかのルールや鉄則が厳然として存在する。

そういう〝魔術師として尋常な〟手段によって戦いに臨んだ記録は、衛宮切嗣の戦歴には一行たりとも存在しない。

「魔術師というのはな、世間の法から外れた存在であるからこそ、自らに課した法を厳格に遵守しなければならない」

声音に静かな怒りを滲《にじ》ませながら、時臣は断言する。

「だがこの衛宮という男は徹底して手段を選ばない。魔術師であるという誇りを微塵《みじん》も持ち合わせていないんだ。こういう手合いは断じて許せない」

「誇り……ですか」

「そう。この男にしても、かつては魔術師となるにあたって厳しい修練を経てきたのだろう。ならばその苦難を凌《しの》ぎうるだけの信念も持ち合わせていたはずだ。そういう初志は、たとえ力を得た後でも決して忘れてはならない」

「……」

時臣の言うことは間違いだ。苛烈な訓練に、何の目的もないまま没頭するほどの愚か者も、この世には存在する。それは綺礼が誰よりもよく知っている。

「――ではこの衛宮切嗣は、何を目的に殺し屋などを？」

「まぁ、おそらくは金銭だろうな。アインツベルンに迎えられて以後は、外道働きもぱったりと途絶えた。一生遊んで暮らせるだけの富を得たのだから当然だろう。――その報告書にもあるだろうが、奴が関わってきたのは魔術師の暗殺だけではない。事あるごとに世界中で小遣い稼ぎをやっていたらしい」

時臣の言うとおり、報告書の末尾には、魔術師がらみの事件とは別に、衛宮切嗣の経歴がずらりと列挙されていた。なるほど、およそ思いつく限りの世界中の紛争地に切嗣は姿を現している。殺し屋ばかりでなく傭兵《ようへい》としても相当な荒稼ぎをこなしてきたと見える。

「……この書類、少しお借りしてもいいでしょうか？」

「ああ、構わんよ。私に代わって吟味《ぎんみ》してもらえれば助かる。こちらは今夜の召喚の準備で忙しいんでね」

×　×

地下の工房を辞し、一階に戻った綺礼は、廊下の途中で、特大のスーツケースを相手に悪戦苦闘している小さな少女と出くわした。

「こんにちは。凛」

べつだん愛想というほどの愛想も交えずに挨拶すると、少女は鞄を引きずり歩く足を止めて、大きな瞳でじっと綺礼を見据える。この屋敷で凛と顔を合わせるようになって三年が経つが、未だに綺礼に対する彼女の眼差しから猜疑《さいぎ》の色が消えることはない。

「……こんにちは。綺礼」

いささか硬い声で、それでも丁寧に挨拶を返す凛の取り澄ました態度は、その幼さにも拘わらず、既に一端《いっぱし》のレディの片鱗《へんりん》を見せていた。他ならぬ遠坂時臣の娘である。同年代の小学生とは一線を画した風格も当然というものだ。

「外出かな？　ずいぶんと大荷物なようだが」

「ええ。今日から禅城《ぜんじょう》のお家でお世話になりますから。学校も向こうから電車で通います」

聖杯戦争の開始に先駆けて、時臣は隣市にある妻の実家に家族を移すという決定を下していた。戦場となる冬木市に彼女らを置いて危険に晒すわけにはいかないという、当然の配慮である。

ところがそれが、娘の凛にとっては甚《はなは》だ不服らしい。現に今も物腰こそ丁寧ではあるが、愛らしい口元を露骨《ろこつ》にとんがらせた表情は見るからに不機嫌である。淑女の卵とはいえまだ子供だ。そこまで徹底した慎みは望めない。

「綺礼はお父様の傍《そば》に残って、一緒に戦うんですね」

「ああ。そのために弟子として招かれたのだからね。私は」

凛はただの無知な子供ではない。遠坂の魔導を受け継ぐ後継者として、既に時臣による英才教育が始まっている。これから冬木で起こる聖杯戦争についても、ごく初歩的な知識は持ち合わせている。

母親の実家に避難させられる理由も、正当なものとして納得してはいるはずだ。それでもなお不満なのは——彼女が去った後も、綺礼だけは我が物顔で遠坂の屋敷を闊歩《かっぽ》しているところにあるのだろう。

凛が父の時臣に寄せる敬慕《けいぼ》はとりわけ強い。そのせいか、正当な後継者である凛よりも先に時臣の弟子となり、魔術を学んでいた綺礼に対しては、何かと風当たりが強いのだ。

「綺礼、あなたを信じていいですか？　最後までお父様を無事に守り通すと、約束してくれますか？」

「それは無理な相談だ。そんな約束ができるほど安穏な戦いであったなら、なにも君や奥様を避難させる必要もなかっただろう」

綺礼は気休めなど抜きにして、正味のところを淡々と語った。すると凜はなおのこと憮然と目元を険しくし、鉄面皮な兄弟子を睨《にら》みつける。

「……やっぱりわたし、あなたのこと好きになれない」

こういう年相応に拗《す》ねたことを言うときにだけ、綺礼はこの少女に好感を懐くのだった。

「凜。そういう本心は人前で口にしてはいけないよ。でなければ君を教育している父親の品格が疑われるからね」

「お父様は関係ないでしょ!」

父親を引き合いに出された途端に、凜は顔を真《ま》っ赤《か》にして癇癪《かんしゃく》を起こした。綺礼の期待通りである。

「いい綺礼? もしあんたが手ぇ抜いてお父様に怪我《けが》させるようなことになったら、絶対に承知しないんだからねっ! わたしは——」

そのとき、まさに絶妙とも言えるタイミングで、玄関の方から葵が姿を見せた。すでに外出の身支度《みじたく》を済ませている。なかなか凜が来ないので様子を見に来たのだろう。

「凜! 何をしているの? 大声を出して」

「——ぁ、えぇと、その——」

「お別れの前に、私を激励してくれていたのですよ。奥様」

落ち着き払ってフォローする綺礼に、凜はなおいっそう腹を立てるものの、それでも母親の手前何も言えずにそっぽを向く。

「荷運びを手伝おう。凛、そのスーツケースは君には重すぎるだろうから」

「いいのっ！　自分でできます！」

凛はさっきまでよりもっと強引にスーツケースを引っ張り、そのせいでなおいっそう進むのに悪戦苦闘しながらも、ともかく玄関へと去っていった。大人げないと解ってはいても、ついつい事あらば凛をからかいたくなってしまうのが綺礼の癖だ。

後に残った葵が、丁重に綺礼に頭を下げる。

「言峰さん。どうか主人をよろしくお願いします。あの人の悲願を遂げさせてあげてください」

「最善を尽くします。ご安心ください」

綺礼から見ても、遠坂葵という女性は妻として出来すぎた人物だった。慎み深くも気遣いは細やかで、夫を理解しつつも干渉はせず、愛情より忠節を前に立てて日々の務めを果たす――一昔前であったなら良妻賢母の鑑であっただろう。フェミニズムの浸透した昨今では化石のような人種である。なるほど時臣という男は、自分にうってつけの人間を配偶者として選んだようだ。

綺礼は玄関の車寄せまで母子を見送った。タクシーではなく自家用車で、ハンドルは葵が握る。運転手だけでなくすべての使用人には、先週から暇《ひま》が出されていた。無用な巻き添えを出さないための配慮であるのと同時に、念には念を入れた防諜対策でもある。使用人まで警戒するという思考をまるで持ち合わせていなかった時臣に対し、これは綺礼が半ば強引に進言したことだ。

車が走り出す直前に、凛は母親の目を盗んで、綺礼に向けて舌を出した。綺礼も苦笑してそれを見届けてから、人気の失せた邸内へと引き返した。

×　　×

時臣はまだ地下の工房から出てこない。綺礼は誰もいなくなった居間を我が物顔で独占して、あらためて衛宮切嗣に関する報告書を子細に読み込んだ。

この一面識もない異端の魔術師に、なぜこれほどまでに興味を惹《ひ》かれるのかは解らない。師である時臣が拒絶する人間像というものに、ある種の痛快さを感じたせいだろうか。

この屋敷で三年に亘り続けられた時臣と綺礼の師弟関係は、どこまでも皮肉なものだった。

綺礼の真摯な授業態度と呑み込みの速さは、師からしてみれば申し分のないものだったらしい。そもそも魔術を忌避して然《しか》るべき聖職者でありながら、あらゆるジャンルの魔術に対して興味を懐き、貪欲な吸収力でそれらの秘技を学んでいった綺礼の姿勢は、時臣を大いに喜ばせた。いまや時臣が綺礼に対して寄せる信頼は揺るぎなく、一人娘の凛にまで、綺礼に対して兄弟子の礼を取らせている程である。

だが時臣の厚情とは対照的に、綺礼の内心は冷めていく一方だった。

綺礼にしてみれば、なにも好きこのんで魔術の修練に没頭していたわけではない。永きに亘る教会での修身に何ら得るところのなかった綺礼は、それと正逆の価値観による新たな修業に、いくばくかの期待を託していただけのことだ。だが結果は無惨だった。魔術という世界の探究にも、やはり綺礼は何の喜びも見出せず、満足も得られなかった。心の中の空洞が、またすこし径《けい》を拡げただけのことだった。

そんな綺礼の落胆に、時臣は露《つゆ》ほども気付かなかったらしい。はたして〝父の璃正と同類〟という見立ては、ものの見事に的中した。時臣が綺礼に寄せる評価と信頼は、まさに璃正のそれと同質だった。

父や時臣のような人間と自分との間に引かれた、越えようのない一線。それを嫌というほど意識させられてきた綺礼は、だからこそ時臣の忌避する人物像というものに惹かれたのかもしれない。この衛宮切嗣という男は、あるいは〝線のこちら側〟に属する存在ではあるまいか、と。

衛宮切嗣に対する時臣の警戒は、ひとえに〝魔術師殺し〟の異名に対するものだったらしい。そんな時臣の要請によって作成された調査書は、あくまで〝対魔術師戦における戦闘履歴〟に焦点が当てられ、それ以外の記述はきわめて簡素なものだった。

だが、切嗣という男の遍歴を年代順に追っていくうちに、綺礼は、ある確信を得つつあった。

この男の行動は、あまりにもリスクが大きすぎる。

アインツベルンに拾われるより以前のフリーランス時代に、切嗣がこなした数々の任務。それらの間隔は明らかに短すぎた。準備段階や立案の期間まで考えれば、常に複数の計画を同時進行していたとしか思えない。さらにそれに並行して、各地の紛争地に出没しているが、よりによってそのタイミングが、戦況がもっとも激化し破滅的になった時期にばかり該当している。

まるで死地へと赴《おもむ》くことに、何かの強迫観念があったかのような……明らかに自滅的な行動原理。

間違いなく言える。この切嗣という男に利己という思考はない。彼の行動は実利とリスクの釣り合いが完全に破綻《はたん》している。これが金銭目当てのフリーランサーであるわけがない。

では――何を求めて？

「……」

いつしか綺礼は報告書を脇に退《しりぞ》け、顎に手を添えて黙考に耽っていた。衛宮切嗣という人物の、余人には理解の及ばない苛烈《かれつ》な経歴が、綺礼には他人事には思えなかった。

誇りのない魔術師、信念を見失った男、そう時臣は言っていた。

だとすれば、切嗣のこの狂信的な、まるで破滅を求めたかのような遍歴は……あるいは、見失った答えを探し求めての巡礼だったのではあるまいか？

そして、飽くことなく繰り返された切嗣の戦いは、九年前に唐突に幕を閉じる。聖杯を勝ち取る剣闘士《グラディエイター》を求めた、北の魔術師アインツベルンとの邂逅《かいこう》。

つまり、そのとき彼は〝答え〟を得たのだ。

いまや綺礼は切実に、衛宮切嗣との邂逅を待ち望んでいた。ついに彼はこの冬木での戦いに臨む意義を得ていた。

依然、聖杯などというものに興味はない。が、それを求めて切嗣が九年の沈黙を破るとなれば、綺礼もまた万難を排《はい》してそこに馳せ参じる意味がある。

この男には問わねばならない。何を求めて戦い、その果てに何を得たのか。

言峰綺礼は、是が非でも一度、衛宮切嗣と対峙しなければならない。たとえそれが互いの生死を賭した必滅の戦場であろうとも。

−271:33:52

結論から言って、間桐雁夜の精神力はついに苦痛に耐え抜いた。だが肉体はその限りではなかった。

三ヵ月目にさしかかる頃には、すでに頭髪が残らず白髪になっていた。肌には至る所に瘢痕《はんこん》が浮き上がり、それ以外の場所は血色を失って幽鬼のように土気色になった。魔力という名の毒素が循環する静脈は肌の下からも透けて見えるほどに膨張し、まるで全身に青黒い罅《ひび》が走っているかのようだ。

そうやって、肉体の崩壊は予想を上回る速さで進行した。とりわけ左半身の神経への打撃は深刻で、一時期は片腕と片足が完全に麻痺《まひ》したほどだ。急場凌ぎのリハビリでとりあえず機能は取り戻したものの、今でも左手の感覚は右よりもわずかに遅れるし、速足で歩く際にはどうしても左足を引きずってしまう。

不整脈による動悸《どうき》も日常茶飯事《さはんじ》になった。食事ももはや固形物が喉を通らず、ブドウ糖の点滴《てんてき》に切り替えた。

近代医学の見地からすれば、すでに生体として機能しているのがおかしい状態である。にもかかわらず雁夜が立って歩いていられるのは、皮肉にも、命と引き換えに手に入れた魔術師としての魔力の恩恵だった。

一年間に亘って雁夜の肉体を喰らい続けてきた刻印虫は、いよいよ擬似的《ぎじてき》な魔術回路として機能するまでに成長し、今では死にかけの宿主を延命させようと図々しく力を発揮《はっき》している。

すでに魔術回路の数だけで言うなら、今の雁夜はそれなりの術師として通用するだけのものを手に入れていた。間桐臓硯から見てもその仕上がりは予想以上のものだったらしい。はたして、雁夜の右手には今やくっきりと三つの令呪が刻まれている。聖杯もまた間桐の代表として彼を認めたのだ。

臓硯の見立てでは、もはや雁夜の生命は保ってあと一ヵ月程度だという。雁夜当人からしてみれば、それは必要にして充分な期間だった。

もはや聖杯戦争は秒読みの段階にある。七体のサーヴァントが残らず召喚されたなら、明日にでも戦いの火蓋《ひぶた》は切って落とされるかもしれない。戦闘の期間は、過去の事例を鑑みるに、概ね二週間足らず。雁夜の死期までには充分に間に合う。

だが、今の雁夜が魔術回路を活性化させるのは、すなわち刻印虫を刺激することを意味する。当然、その際の肉体への負担は他の魔術師の比ではない。最悪の場合、戦いの決着を待たずして刻印虫が宿主を食い潰す可能性も充分に考えられる。

雁夜が戦わなければならないのは他の六人のマスター達だけではなかった。むしろ最大の敵というべきは、彼の体内に巣食うモノだった。

×　　×

その夜、いよいよ最後の試練に挑むべく間桐邸の地下へ赴こうとしていた雁夜は、途中の廊下でばったりと桜に出会《でくわ》した。

「……」

出会い頭に桜が浮かべた怯えの表情が、ほんのわずかに雁夜の胸を痛ませる。

今となっては仕方がないとはいえ、この自分までもが桜の畏怖の対象になるのは、雁夜には辛かった。

「やぁ、桜ちゃん。――びっくりしたかい？」

「……うん。顔、どうかしたの？」

「ああ。ちょっとね」

とうとう左目の視力が完全になくなったのは昨日のことだ。壊死《えし》して白濁した眼球ともども、その周囲の顔筋まで麻痺した。瞼《まぶた》や眉を動かすこともできず、およそ顔の左半分が死相じみた有様で仮面のように硬直している。鏡で見た自分でさえぞっとするのだから、桜が怖がるのも無理はない。

「また少しだけ、身体の中の『蟲』に負けちゃったみたいだ。おじさんは、きっと桜ちゃんほど我慢強くないんだね」

苦笑いをして見せたつもりが、またしても不気味な表情になってしまったのか、桜はますます怯えたように身を竦める。

「——カリヤおじさん、どんどん違う人みたいになっていくね」

「ハハ、そうかもしれないね」

乾いた小さな笑い声で濁しながらも、

〝——君もだよ。桜〟

そう、雁夜は胸の内で沈鬱に呟いた。

今は間桐の姓を名乗る桜もまた、雁夜の知る少女とは別人のように変わり果てた。人形のように無機質な、空虚で昏《くら》い眼差し。その目に喜怒哀楽の情が宿ることなど、この一年を通して見たことがない。かつて姉の凛と仔犬のようにじゃれ合っていた無邪気な少女の面影は、もうどこにも残っていなかった。

無理からぬ話である。この一年、間桐家の魔術継承者となるために、桜が受けた仕打ちを思えば。

たしかに桜の肉体は魔術師としての素養を充分に備えていた。その点では雁夜やその兄の鶴野などは及びもつかぬほどに優秀だった。が、あくまでそれは遠坂の魔術師としての適性であって、間桐の魔術とはそもそも根本から属性が違う。

そんな桜の身体をより〝間桐寄り〟に調整するための処置が、この間桐家の地下の蟲蔵で『教育』の名を借りて日夜行われてきた虐待《ぎゃくたい》だった。

子供の精神《こころ》とは、どこまでも未熟である。

彼らには固い信念もなければ、悲嘆を怒りに変える力もない。残酷な運命に対し、意志の力で立ち向かうという選択肢《せんたくし》は与えられていない。それどころか、子供たちは未だ人生を知らぬが故に、希望や尊厳といった精神もまた、まだ充分には培《つちか》われていない。

それ故に、極限の状況を強いられたとき、子供たちはむしろ大人より安易に、自らの精神《こころ》を封殺できる。

未だ人生の喜びを知らぬが故に諦められる。未来の意味を解さぬが故に絶望できる。

そんな風に、一人の少女が虐待によって心を閉ざしていく過程を、雁夜はこの一年間に亘って目の前で直視する羽目になった。

身体の内から寄生虫に食い貪《むさぼ》られていく激痛に見舞われながら、それでもなお雁夜の心を責め苛《さいな》んだのは自責の念である。桜の受難は、まぎれもなくその責任の一端が雁夜にもあったのだ。彼は間桐臓硯を呪い、遠坂時臣を呪い、それと同じ呪詛《じゅそ》の念を自分自身にも向けていた。

唯一、ささやかな救いといえば——人形のように自閉した桜が、雁夜にだけはさほど警戒することもなく、顔を合わすたび二言三言、他愛もない言葉をかけてくれたことだ。それは同類相哀れむ情なのか、かつて彼女が遠坂桜だった頃の縁《えにし》によるものなのか、いずれにせよ少女は、臓硯や鶴野といった〝教育者〟とは別種の存在として、雁夜のことを認識してくれていた。

「今夜はね、わたし、ムシグラへ行かなくてもいいの。もっとだいじなギシキがあるからって、おじいさまが言ってた」

「ああ、知ってる。だから今夜は代わりにおじさんが地下に行くんだ」

そう答えた雁夜の顔を、桜は覗き込むようにして小首を傾げた。

「カリヤおじさん、どこか遠くへ行っちゃうの？」

子供ならではの鋭い直感で、桜は雁夜の運命を察したのかもしれない。だが雁夜は、幼い桜を必要以上に不安がらせるつもりはなかった。

「これからしばらく、おじさんは大事な仕事で忙しくなるんだ。こんな風に桜ちゃんと話していられる時間も、あまりなくなるかもしれない」

「そう……」

桜は雁夜から目を逸らし、また彼女だけにしか立ち入れない場所を見つめている風な目つきになった。そんな桜がいたたまれず、雁夜は無理に話の穂《ほ》を接《つ》いだ。

「なぁ桜ちゃん。おじさんのお仕事が終わったら、また皆で一緒に遊びに行かないか？　お母さんやお姉ちゃんも連れて」

「お母さんや、お姉ちゃん、は……」

桜は少し途方に暮れてから、

「……そんな風に呼べる人は、いないの。いなかったんだって思いなさいって、そう、おじいさまに言われたの」

そう、戸惑いがちな声で返事をした。

「そうか……」

雁夜は桜の前に膝をつき、まだ自由が利く方の右腕で、そっと桜の肩を包んだ。そうやって胸に抱き寄せてしまえば、桜から雁夜の顔は見えない。泣いていると気付かれずに済むだろう。

「……じゃあ、遠坂さんちの葵さんと凛ちゃんを連れて、おじさんと桜ちゃんと、四人でどこか遠くへ行こう。また昔みたいに一緒に遊ぼう」

「——あの人たちと、また、会えるの?」

腕の中から、か細い声が問うてくる。雁夜は抱きしめる腕に力を込めながら、頷いた。

「ああ、きっと会える。それはおじさんが約束してあげる」

それ以上は、言えなかった。

叶うなら、より違う言葉で誓いたかった。あと数日で間桐臓硯の魔手から救ってやれると、それまでの辛抱なんだと、今、この場で桜に教えたかった。

だが、それは赦《ゆる》されない。

すでに桜は絶望と諦観で精神《こころ》を麻痺させることによって、精一杯《せいいっぱい》に自分を護っていた。非力な少女が耐え難い苦痛に抗するためには、そうやって〝痛みを感じている自分〟を消し去ってしまうしかなかったのだ。

そんな子供に、『希望を持て』だの、『自分を大事にしろ』だのと——そんな残酷な言葉を投げかけられるわけがない。そういう気休めの台詞は、口にした当人だけしか救わない。彼女に希望を与えるというのは、〝絶望〟という心の鎧を奪い去るのと同じこと。そうなれば幼い桜の心身は、一夜と保たずに壊れるだろう。

故に——

同じ間桐邸で日々を過ごしながら、雁夜は自分が桜にとっての〝救いの主〟であるなどとは、ただの一度も漏《も》らさなかった。彼は桜と同じく臓硯によって〝いじめられて〟いるばかりの、桜に負けず劣らず無力な大人として、ただ傍《そば》にいてやることしかできなかった。

「——じゃあ、おじさんはそろそろ、行くね」

涙が止まった頃合いを見計らって、雁夜は桜から手を放した。桜はいつになく神妙な面持ちで、雁夜の、左半分が壊れた顔を見上げてきた。

「……うん。ばいばい、カリヤおじさん」

別れの言葉が、この場には相応しいものと、彼女は子供ながらに察したらしい。

背を向けて、とぼとぼと立ち去っていく桜の背中を見送りながら、そのとき雁夜は痛切に、心から祈願した。——手遅れになってくれるな、と。

雁夜はいいのだ。すでにこの命は桜と葵の母子のために使い捨てるものと決めている。雁夜自身について〝手遅れ〟があるのだとしたら、それは聖杯を勝ち取るより先にこの命が潰えることだ。

むしろ恐ろしいのは、桜の〝手遅れ〟——もし首尾よく雁夜が聖杯を勝ち取り、桜を母の元へと送り返すことができたとしても、それであの少女は、心を固く覆った絶望という名の殻から、再び外に出てきてくれるのだろうか。

この一年のうちに桜が負った心の傷は、きっと永く尾を引くだろう。だがせめて、それが時間とともに癒《い》えるものであってほしい。彼女の精神《こころ》が、致命的なところまで壊されていないものと信じたい。

できるのは祈ることだけだ。あの少女を癒すのは雁夜ではない。そんな役目を請け負えるだけの余命など、彼には残されないだろう。それぱかりは、未来の命が保証されている者たちに託すしかあるまい。

雁夜は踵《きびす》を返し、ゆっくりと、だが決然とした足取りで、地下の蟲蔵に降りる階段へと向かった。

−270:08:57

冬木市深山町の片隅、とある雑木林《ぞうきばやし》の奥の空き地。

周囲に人目がないことを入念に確かめてから、ウェイバー・ベルベットは召喚儀式の準備にとりかかった。

今日一日に亘ってけたたましく鳴き喚き、終始ウェイバーの神経を逆撫《さかな》でし続けてきた鶏どもに、まずは心底清々しながら引導を渡してやる。

滴《したた》る生き血がまだ熱いうちに、地面に魔法陣の紋様を刻まなければならない。手順はもう何度も練習してあった。消去の中に退去、退去の陣を四つ刻んで召喚の陣で囲む。——手違いは許されない。

「閉《みたせ》じよ。閉《みたせ》じよ。閉《みたせ》じよ。閉《みたせ》じよ。閉《みたせ》じよ。繰り返すつどに五度。ただ、満たされる刻を破却する」

呪文を唱えながら、ウェイバーは細心の注意で鮮血を大地に滴らせていく。

同じ深山町にある遠坂邸の地下の工房でも、そのとき同様の儀式の準備が執り行われていた。

「素に銀と鉄。礎に石と契約の大公。祖には我が大師シュバインオーグ。降り立つ風には壁を。四方の門は閉じ、王冠より出で、王国に至る三叉路《さんさろ》は循環せよ」

朗々と唱えながら遠坂時臣が描く魔法陣は、生贄の血ではなく溶解させた宝石によるものだ。この日のために魔力を充塡《じゅうてん》し、蓄積してきた宝石を、時臣は惜しげもなく動員していた。

見守るのは璃正、綺礼の言峰父子。

綺礼は祭壇の上に載せられた聖遺物に目が釘付けだった。一見すると木乃伊《ミイラ》の破片か何かにしか見えないそれは、遙《はる》かな太古、この世で初めて脱皮したヽヽヽヽヽ蛇の抜け殻の化石だという。

ソレが招き寄せるであろう英霊を思うと、綺礼ですらも畏怖を禁じ得なかった。

時臣の鉄壁の自信が、今ならば納得できた。ことサーヴァントである限り、時臣が選んだ英霊には決して勝てる道理がない。

同刻、遠く地の果てのアインツベルン城では、衛宮切嗣が礼拝堂の床に描き終えた魔法陣の出来を確認していた。

「こんな単純な儀式で構わないの？」

脇で見守っていたアイリスフィールには、それが思いのほか簡素な準備として目に映ったらしい。

「拍子抜けかもしれないけどね、サーヴァントの召喚には、それほど大がかりな降霊は必要ないんだ」

水銀で描いた紋様に、歪みや斑《むら》がないか仔細に検証しながらも、切嗣は説明する。

「実際にサーヴァントを招き寄せるのは術者ではなく聖杯だからね。僕はマスターとして、現れた英霊をこちら側の世界に繋《つな》ぎ止め、実体化できるだけの魔力を供給しさえすればいい」

出来映えに満足がいったのか、切嗣は頷いて立ち上がると、祭壇に縁《えにし》の聖遺物——伝説の聖剣の鞘を設置した。

「さあ、これで準備は完璧だ」


「召喚の呪文は間違いなく憶えて来たであろうな?」

念を押すように訊いてくる間桐臓硯に、雁夜は闇の中で頷いた。

腐臭と饐《す》えた水気の臭いが立ちこめる、深海のような緑の暗闇。深山町の丘の頂に聳える間桐邸が、地下深くに隠匿している蟲蔵である。

「いいじゃろう。だが、その呪文の途中に、もう二節、別の詠唱を差し挟んでもらう」

「どういうことだ?」

胡乱《うろん》げに問う雁夜に、臓硯は持ち前の陰惨な笑みを投げかけた。

「なに、単純なことじゃよ。雁夜、おぬしの魔術師としての格は、他のマスターどもに比べれば些か以上に劣るのでな。サーヴァントの基礎能力にも影響しよう。ならば、サーヴァントのクラスによる補整で、パラメーターそのものを底上げしてやらねばなるまいて」

召喚呪文のアレンジによるクラスの先決めである。

通常、呼び出された英霊がサーヴァントとしてのクラスを獲得する際には、その英霊の属性に応じたものが不可避に決定されてしまう。が、その例外として召喚者が事前に決定できるクラスも二つある。

一つはアサシン。これは該当する英霊が、ハサン・サッバーハの名を襲名した一群の暗殺者たちのうちの一人、として特定されてしまうため。

そしてもう一つのクラスは、凡《およ》そあらゆる英霊について、とある付加要素を許諾《きょだく》するだけで該当させることができるクラスであるが故——

「今回、呼び出すサーヴァントには、『狂化』の属性を付加してもらう」

それがもたらす破滅的な意味を、まるで歓迎するかのように、臓硯は喜色満面で宣言した。

「雁夜よ、おぬしには『バーサーカー』のマスターとして、存分に働いてもらおうかの」

その日、異なる場所で、異なる対象に向けて呼びかける呪文の詠唱が、まったく時を同じくして湧き起こったのは、偶然と呼ぶには出来すぎた一致であった。

いずれの術者も、その期するところの悲願は同じ。

ただひとつの奇跡を巡り、それを獲得するべく血で血を洗う者たち。彼らが時空の彼方の英雄たちへと向ける嘆願《たんがん》の声が、いま、一斉に地上から放たれる。

「告げる――」


今こそ、魔術師としての自分が問われる時。しくじれば命すらも失う。それをひしひしと実感しながらも、ウェイバーは決して怖じなかった。

力を求める情熱。目標へと向けてひた走る不断の意志。ことそういう特質において言うならば、ウェイバー・ベルベットはまぎれもなく優秀な魔術師であった。

「――告げる。

汝《なんじ》の身は我が下に、我が命運は汝の剣に。

聖杯の寄るべに従い、この意、この理に従うならば応えよ――」

全身を巡る魔力の感触。およそ魔術師である限り逃れようのない、体内の魔術回路が蠕《ぜん》動《どう》する悪寒と苦痛。

それに歯を食いしばって耐えながら、ウェイバーはさらなる詠唱を紡ぐ。

「――誓いを此処《ここ》に。我は常世《とこよ》総ての善と成る者、我は常世総ての悪を敷《し》く者――」

切嗣の視界が暗くなる。

背中に刻み込まれた衛宮家伝来の魔術刻印が、切嗣の術を掩護するべく、それ単体で独自の詠唱を紡ぎ出す。切嗣の心臓が、彼個人の意思を離れた次元で駆動され、早鐘《はやがね》を打ち始める。

大気より取り込んだマナに蹂躙《じゅうりん》される彼の肉体は、今、人であるための機能を忘れ、一つの神秘を成し得る為だけの部品、幽体と物質を繋げる為の回路に成り果てている。

その軋轢《あつれき》に苛まれて悲鳴を上げる痛覚を、切嗣は無視して呪文に集中する。傍《かたわ》らで固唾《かたず》を飲んで見守るアイリスフィールの存在も、もはや彼の意中には、ない。

召喚の呪文に混入される禁断の異物、招き寄せた英霊から理性を奪い狂気のクラスへと貶《おとし》める二節を、雁夜はそこに差し挟む。

「――されど汝はその眼を混沌《こんとん》に曇らせ侍《はべ》るべし。汝、狂乱の檻《おり》に囚われし者。我はその鎖を手繰《たぐ》る者――」

雁夜は尋常な魔術師と違い、魔術回路そのものを別の生物として体内に寄生させている身である。それを刺激し活性化させる負担は、他の術師の痛みすら比にならぬほどの激痛だった。唱えるうちに四肢《しし》が痙攣《けいれん》し、端々の毛細血管が破れて血が滲み出る。無事に残った右目からも、赤く染まった血涙が流れ出て頬を伝い落ちる。

それでも、雁夜は精神の集中を緩めない。

背負ったものを想うなら――ここで退《ひ》けるわけがない。


「――汝三大の言霊を纏《まと》う七天、抑止の輪より来たれ、天秤の守り手よ――！」

そう呪禱《じゅとう》の結びをつけるとともに、時臣は身体に流れ込む魔力の奔流《ほんりゅう》を限界まで加速させる。

逆巻く風と稲光。見守る綺礼たちでさえ目を開けていられないほどの風圧の中、召喚の紋様が燦然《さんぜん》と輝きを放つ。

ついに魔法陣の中の経路はこの世ならざる場所と繋がり……滔々《とうとう》と溢れる眩《まばゆ》いばかりの光の奥から、現れいでる黄金の立ち姿。その威容に心奪われて、璃正神父は忘我の呟《つぶや》きを漏らす。

「……勝ったぞ綺礼。この戦い、我々の勝利だ……」

かくして、嘆願は彼らの許にまで届いた。

彼方より此方《こなた》へと、旋風《つむじかぜ》と閃光を纏《まと》って具現する伝説の幻影。

かつて人の身にありながら人の域を超えた者たち。人ならざるその力を精霊の域に格上げされた者たち。そんな超常の霊長たちが集う場所……抑止の力の御座《みざ》より来たる、あまねく人々の夢で編まれた英霊たちが、そのとき、一斉に地上へと降臨した。

そして——

夜の森に、闇に閉ざされた石畳に、いま凜烈《りんれつ》なる誰何《すいか》の声が響き渡る。

『問おう。汝が我を招きしマスターか』

ACT.2

－268：22：30

首尾よく召喚を成功させ、ウェイバーは得意絶頂のうちに今日という日を終えるものと、そう本人は期待していた。

にっくき鶏との激闘に費やされた昨晩とはうって変わって、今夜は大義を果たした心地よい疲労に浸りながら、満足のうちにベッドに就くはずだった。

それが——

「……どうして、こうなる？」

空っ風の吹きすさぶ新都の市民公園で、独り寒さに身を縮こませつつベンチに腰掛けているウェイバーは、いったいどこをどう間違えて自分の予定が裏切られたのか、未《いま》だに理解しきれない。

召喚は成功した。まさに会心の手応えだった。

召喚の達成と同時に、招かれたサーヴァントのステータスもまたウェイバーの意識に流れ込んできた。クラスはライダー。三大騎士クラスの括《くく》りからは外れるものの、それでも基礎能力値は充分にアベレージ以上。申し分なく強力なサーヴァントだ。

白煙にけぶる召喚陣から、のっそりと立ち上がる巨軀《きょく》のシルエットを目にした瞬間。その昂揚《こうよう》たるや、ウェイバーはあやうく射精してパンツを台無しにしかかったほどである。

……思い返せば、その辺りからどうにも雲行きが怪しくなってきた。

ウェイバーが認識するところの〝使い魔〟というのは、あくまで召喚者の傀儡《かいらい》である。魔術師から供給される魔力によって、かろうじて現界していられるだけの存在。術者の一存次第でいかようにも使役できる木偶《でく》人形。使い魔とは本来そういうものだ。ならばその延長上にあるサーヴァントとて、概ね似たようなものであろうと想像していた。

が、召喚陣から出てきたアレは——


まず最初に、燃え立つように炯々《けいけい》と光る双眸の鋭さだけで、ウェイバーは魂を抜かれた。目を合わせた瞬間に、そのサーヴァントが、自分より圧倒的に強大な相手であることを、彼はなかば小動物めいた本能的直感で察知していた。

目の前に立ちはだかった巨漢の、圧倒的な存在感。その筋骨隆々たる体軀から香る、むくつけき体臭《たいしゅう》までも嗅《か》ぎ取るに至って、ウェイバーは認識した。こいつは、幽霊だとか、使い魔だとか、そういう屁理屈を抜きにして本当にでかい男なのだと。

聖杯に招かれた英霊が、ただの霊体であるのみならず物質的な〝肉体〟を得て現界することは、ウェイバーも知識として知っていた。が、虚像でも影でもない、掛け値なしの実体である分厚い筋肉の塊によって目の前を塞がれるという感覚は、ウェイバーの想像を絶して脅威的だった。

　ところで、ウェイバーは大男が嫌いである。

　なにもウェイバーが人並みより少しばかり小柄だから、というだけの理由ではない。たしかに彼の肉体はいささか脆弱《ぜいじゃく》なきらいがあるが、それというのも幼少から魔術の学習に明け暮れるあまり、身体を鍛えるような時間的余裕など持ち合わせていなかったからであり、決して引け目に感じるようなことではない。むしろ肉体よりも優先して磨き上げた頭脳こそウェイバーの誇りなのである。

　が、そんな当たり前な物事の道理が、大男の筋肉には通じない。こういう手合いが岩の塊みたいな拳《こぶし》を振り上げ、振り下ろすまでのタイムラグというのは、どうしようもなく短すぎる。いかに簡潔な弁論であろうとも展開する時間はなく、魔術を行使する猶予もない。

　つまり——でかい筋肉には、拳が届くほどに近寄られたら終わり、なのである。

「……だから訊いておろうが。貴様、余のマスターで相違ないのだな？」

「は？」

　それは大男が発した二度目の問いだった。大地を底から揺すり上げるような野太い声。そんな聞き漏らしようのない声でありながら、最初に問われたときは相手に圧倒されるあまり意識できなかったらしい。

「そ——そう！　ぼぼぼボクが、いやワタシが！　オマエのマスターの、ウ、ウェイバー・

ベルベットです！　いや、なのだッ！　マスターなんだってばッ!!」

　何かもう色々な意味で駄目だったが、ともかくウェイバーは精一杯の虚勢を張って目の前の筋肉に対抗した。……それにしても、いつの間にやら相手の体格はさっきよりいっそう巨大で威圧的になっている気がする。

「うむ、じゃあ契約は完了、と。――では坊主《ぼうず》、さっそく書庫に案内してもらおうか」

「は？」

　ふたたびウェイバーは気の抜けた返事を余儀なくされた。

「だーかーら、本だよ。本」

　鬱陶《うっとう》しそうにそう言い直して、巨漢のサーヴァントはウェイバーにのしかかるように、松の根を思わせる剛腕を伸ばしてくる。

　殺される――そう思った直後、ウェイバーは浮遊感に見舞われた。大男が彼の襟首《えりくび》を摑んで、ひょいと軽々しく持ち上げたのだ。そのときまでウェイバーは、自分が腰を抜かして地面に座り込んでいたことに気付かなかった。なぜ途中から相手が輪をかけて巨大化して見えたのか、ようやく合点がいった。

「貴様も魔術師の端くれなら、書庫のひとつやふたつは設《しつら》えておるのだろう？　さぁ案内しろ。戦《いくさ》の準備が必要だ」

「い、戦……？」

巨漢にそう指摘《してき》されるまで、ウェイバーはすっかり綺麗《きれい》に聖杯戦争のことを失念していた。

当然、行きずりの民家に寄生しているだけのウェイバーが書庫なんぞ持ち合わせている筈もなく、やむなく彼はライダーを連れて図書館に行くことにした。

冬木市の中央図書館は、まだ開発途中の新都にある市民公園の中にあった。正直なところ、夜中に街中を出歩くのは気が引けたのだが――それというのも近頃、冬木市では猟奇《りょうき》的《てき》な殺人事件が頻発したせいで、警察が非常事態宣言を発令していた――ウェイバーにとっては巡回中の警官に見咎められて職務質問を受ける危険より、目の前のでかい筋肉に何をされるか判らない、という危機感の方が重大だった。

幸いなことに、巨漢は雑木林から出るや否や、掻《か》き消されるように不可視になった。サーヴァントならではの霊体化、という能力だろう。鎧《よろい》を着込んだ大男と連れだって歩いていたのでは不審人物どころの騒ぎではないので、その点はウェイバーも大いに助かったが、それでも威圧的な存在感はまとわりつくようにしてウェイバーの背中に圧力をかけ続けてきた。

運良く誰にも出会さずに冬木大橋を渡って新都に入り、目指す市民公園まで着いたところで、ウェイバーは奥にある小綺麗な近代建築を指さした。

「本なら、あそこにいくらでもある——と、思う」

するとウェイバーにのしかかっていた圧力がふわりと遠のいた。どうやらライダーは霊体のまま建物の中へと入っていったらしい。

——そうして、ひとり取り残されて待つこと三〇分あまり。訳の解らない脅威から解放されたウェイバーは、ようやく冷静に考えを整理する猶予《ゆうよ》を得た。

「……どうして、こうなる？」

さっきまでの自分の醜態《しゅうたい》を思い返して、ウェイバーは頭を抱えた。いかに強力な存在であろうともサーヴァントは彼の契約者。主導権はマスターであるウェイバーこそが握っている。

たしかにウェイバーの呼び出したサーヴァントは強力だ。それはケイネスから盗んだ聖遺物の来歴から充分に承知していた。

英霊イスカンダル。またの名をアレキサンダー、アレクサンドロス等でも知られる。ひとつの人名が様々な土地の発音によって呼びならわされるに到った経緯こそ、すなわちかの英雄の『征服王』たる所以《ゆえん》である。齢二〇歳にしてマケドニアの王位を継ぐや否や、古代ギリシアを統率してペルシアへの侵攻に踏み切り、以後エジプト、西インドまでをも席巻する『東方遠征』の偉業を、わずか一〇年足らずで成し遂げた大英雄。後にヘレニズム文化として知られる一時代を築いた、文字通りの〝大王〟である。

そんな偉人の中の偉人たる男であろうとも、ひとたびサーヴァントとして呼び出された以上は、決してマスターには逆らえない。まず第一の理由は、サーヴァントの現界がウェイバーを依《よ》り代《しろ》としていること。あの大男はウェイバーからの魔力供給によって現代の世界に繋ぎ止められているのであり、ウェイバーに万が一のことがあれば消え去るしか他にない。

すべてのサーヴァントには、マスターの召喚に応えるだけの理由——すなわち、マスターとともに聖杯戦争に参加し、勝ち抜かねばならない理由がある。即《すなわ》ち、彼らもまたマスター同様、聖杯を求める願望があるのだ。願望機たる聖杯が受け入れる願いとは、最後まで勝ち残った唯一人のマスターによるものとされているが、のみならず、そのマスターが従えたサーヴァントもまた、ともに願望機の恩恵に与《あずか》る権限を得るのだという。つまり利害が一致する以上、サーヴァントはマスターと協調関係を保つのが当然なのだ。

さらに加えて切り札となるのは、マスターがその手に宿す令呪である。

三つの刻印をひとつずつ消費して行使される、すなわち三度限りの絶対命令権。これがマスターとサーヴァントの主従関係を決定的なものにしている。令呪による命令は、たとえ自滅に到る理不尽な指示であろうとも、決してサーヴァントには逆らえない。これが『始まりの御三家』の一家門、マキリによってもたらされたサーヴァント召喚の要《かなめ》となる契約システムなのだ。

裏を返せば、三つの令呪を使い切ったマスターは、即、サーヴァントによる謀叛《むほん》の危険に晒されるわけだが、そこはマスターが慎重に立ち振る舞う限り回避できるリスクである。

そう、この手に令呪の刻印がある限り――腹の内の苛立ちを抑えて、ウェイバーはうっとりと自分の右手に見入りつつほくそ笑んだ――どれほどデカイ筋肉であろうとも、魔術師ウェイバー・ベルベットに逆らえる道理はないのである。

あのサーヴァントが戻ってきたら、その辺の鉄則をひとつガツンと言い聞かせてやらねばなるまい……

そんなことを考えていたウェイバーの背後で、突如、豪快な破壊音が轟いた。

「ひっ⁉」

驚きのあまり跳び上がって振り向くと、図書館の玄関を閉鎖していたシャッターが、ぐしゃぐしゃに歪《ゆが》んで引き裂かれている。そこから悠々《ゆうゆう》たる足取りで月明かりの中に現れたのは、他ならぬウェイバーのサーヴァント、ライダーその人だった。

初見が暗い森の中だっただけに、充分な明かりの中でその風体を仔細に見て取れたのは、思えばこれが最初だった。

身の丈は二メートルを優に超えて余りあるだろう。青銅の胴鎧から伸びる剝き出しの上腕と腿《もも》は、内側から張り詰めたかのような分厚い筋肉の束に覆われ、熊でも素手で絞め殺しかねないほどの膂力《りょりょく》を窺わせる。いかつく彫りの深い面貌に、ぎらつくほど底光りする瞳と、燃え立つように赤い髪と髭《ひげ》。同じく緋色に染め上げられ、豪奢な裾飾りによって縁取られた分厚いマントは、さながら劇場の舞台を覆う緞帳《どんちょう》を思わせる。

そんな恰好《かっこう》の大男が、近代設備の図書館の前に堂々と仁王立ちしている様子は、どこか滑稽《こっけい》なものすら感じさせる取り合わせだったが、けたたましく鳴り渡る警報装置のサイレンに浮き足立ったウェイバーには、面白がっている余裕などあろう筈もない。

「バカッ！　バカバカバカッ！　シャッター蹴破って出てくるなんて何考えてんだオマエ！　なんで入るときみたいに霊体化しないんだよッ⁉」

食ってかかるウェイバーに、だがライダーは妙に上機嫌な笑顔で、手にした二冊の本を掲げて見せた。

「霊体のままでは、コレを持って歩けんではないか」

分厚いハードカバーの装丁と、大判だが薄い冊子。どうやらライダーはその二冊を図書館から持ち出したかったらしい。だがそんな些末な理由のために治安擾《じょうらん》乱などされたのでは、マスターとてたまったものではない。

「もたもたしてるな！　逃げろ！　逃げるんだよ！」

「見苦しいぞ、狼狽《うろた》えるでない。まるで盗人《ぬすっと》か何かのようではないか」

「盗ッ人じゃなくて何なんだよオマエ！」

そう喚くウェイバーの剣幕に、ライダーは憮然となった。

「大いに違う。闇に紛れて逃げ去るのなら匹夫《ひっぷ》の夜盗。凱歌《がいか》とともに立ち去るならば、それは征服王の略奪だ」

まったく話の通じない相手に、ウェイバーは頭を掻きむしる。ともかく、あの二冊の本を持たせている限り、ライダーは頑《がん》として霊体化することなく、深夜のコスプレ怪人として堂々と闊歩する気でいるらしい。

切羽《せっぱ》詰まったウェイバーは、ライダーに駆け寄ると、その手の中から本を二冊とも引ったくった。

「これでいいだろ⁉　さあ消えろ！　いま消えろ！　すぐ消えろ！」

「おお、では荷運びは任せた。くれぐれも落とすなよ」

満足げに頷いて、ライダーは再び不可視になる。

だがウェイバーも安堵《あんど》している暇はなかった。図書館の警報は間違いなく、いずこかの警備会社にまで届いているだろう。ガードマンが駆けつけてくるまでにどれほどの猶予があるか、もう知れたものではない。

「ああもう――どうして――こうなるんだよッ⁉」

今夜何度目になるのか判らない嘆きの言葉を吐き捨てながら、ウェイバーは全力で駆けだした。

ここまで逃げれば安全、と気を抜けたのは、冬木大橋のたもとにある遊歩道まで、全力疾走で駆け続けた後だった。

「はー、はー、はー、……」

普段から鍛錬を怠《おこた》っていたウェイバーにとっては、まさに心臓の破裂しかねない地獄の長距離走だった。もはや立っている余力さえなく、道端に膝をつきながら——改めて、ライダーが図書館から持ち出した本を検《あらた》める。

「……ホメロスの詩集？　それに……世界地図？　何で？」

ハードカバーの豪奢本は古代ギリシアに名高い詩人の書物。もう一冊の薄い方は、学校の授業で使うようなカラー刷りの地理の教材だった。

途方に暮れるウェイバーの背後から、ひょいと差し伸べられたいかつい腕が、指先で地図帳を摘《つま》み上げていく。

いつの間にやら再び実体化したライダーは、どっかりと路面に胡座《あぐら》をかいて座り込むと、ウェイバーから取り返した地図帳をぱらぱらと捲《めく》りはじめた。

「おいライダー、戦《いくさ》の準備っていうのは……」

「戦争は地図がなければ始まるまい。当然ではないか」

何が嬉しいのか、ライダーは妙にニヤニヤと顔を綻ばせながら、まず地図帳の冒頭のグード図法による世界地図に見入る。

「なんでも世界はすでに地の果てまで暴《あば》かれていて、おまけに球の形に閉じているそうだな……成る程。丸い大地を紙に描き写すと、こうなるわけか……」

ウェイバーの知る限りでは、英霊はサーヴァントとして聖杯に招かれた時点で、聖杯からその時代での活動に支障がない程度の知識を授けられるのだという。つまりこの古代人も、地球が丸いことを納得出来るぐらいには弁えているのだろう。だからといって、どうしてライダーが泥棒まがいのことをしてまで世界地図なぞ欲しがったのか、ウェイバーには皆目見当もつかない。

「で、……おい坊主、マケドニアとペルシアはどこだ？」

「……」

相変わらず傲岸不遜《ふそん》なライダーの態度、しかもマスターに対して名前ではなく坊主呼ばわりという不敬ぶりに憮然となりながらも、ウェイバーは地図の一角を指さした。途端――

「わっはっはっはっは!!」

まるで弾けるような勢いで豪快に笑い出したライダーに、またも度肝を抜かれて竦み上がるウェイバー。

「ははは ッ！　小さい！　あれだけ駆け回った大地がこの程度か！　うむ、良し！　もはや未知の土地などない時代というから、いささか心配しておったが……これだけ広ければ文句はない！」

　持ち前の巨軀に相応しく、ライダーは笑い声もまた雄大だった。どうにもウェイバーは同じ人間サイズの存在を相手にしているというより、地震や竜巻と向き合っているような気分になってきた。

「良い良い！　心高鳴る！　……では坊主、いま我々がいるのは、この地図のどこなのだ？」

　ウェイバーはおっかなびっくり、極東の日本を指さした。するとライダーは大いに感心した風に唸《うな》って、

「ほほーぅ、丸い大地の反対側か……うむ。これまた痛快。これで指針も固まったな」

　いかつい顎を撫でながら、さも満足げに頷いた。

「……指針って？」

「まずは世界を半周だ。西へ、ひたすら西へ。通りがかった国はすべて陥《お》としていく。そうやってマケドニアに凱旋《がいせん》し、故国の皆に余の復活を祝賀させる。ふっふっふ。心躍るであろう？」

しばし呆気に取られたあとで、ウェイバーは怒り心頭に目眩《めまい》さえしながら吼《ほ》えた。

「オマエ何しに来たんだよ！　聖杯戦争だろ！　聖杯！」

ウェイバーの剣幕に、むしろライダーは白けた風に溜息をついた。

「そんなもの、ただの手始めの話ではないか。何でその程度のことをわざわざ——」

言いさして、そこではたと思い当たったかのように手を打ち鳴らすライダー。

「そうだ聖杯といえば、まず最初に問うておくべきだった。坊主、貴様は聖杯をどう使う？」

不意に感情の読めない口調になったライダーに、ウェイバーは何か名状しがたい悪寒を感じた。

「な……何だよ改まって？　そんなこと訊いてどうする？」

「そりゃ確かめておかねばなるまいて。もし貴様もまた世界を獲る気なら、即ち余の仇敵《きゅうてき》ではないか。覇王は二人と要らんからな」

さらりと言い捨てたその言葉は、およそサーヴァントが令呪を持つマスターに向けるには、これ以上ないほどに無茶な放言だったが、この大男の野太い声がわずかに冷酷さを帯びたというだけで、ウェイバーは心胆から震え上がった。マスターである自分の根本的な優位さえ失念してしまうほど、それは圧倒的な恐怖だった。

「ばっ、バカなっ！　世界、だなんて……」

そこまで言葉に詰まってから、ウェイバーは唐突に、威厳を取り繕《つくろ》う必要性を思い出す。

「せっ世界征服なんて——ふん、ワタシはそんな低俗なものに興味はない！」

「ほう？」

ライダーは表情を一転させて、さも興味深げにウェイバーを見つめる。

「男子として、天下を望むより上の大望があるというのか？　そりゃ面白い。聞かせてもらおう」

ウェイバーは鼻を鳴らし、精一杯の胆力ですかした冷笑を取り繕った。

「ボ……ワタシが望むのはな、ひとえに正当な評価だけだ。ついぞワタシの才能を認めなかった時計塔の連中に、考えを改め——」

言い終わるより前に、空前絶後の衝撃がウェイバーを一撃した。

ほぼ同時に「小さいわッ！」というライダーの大音声の一喝《いっかつ》が轟いた気もしたが、衝撃と怒号はどちらも負けず劣らず強烈すぎたせいで、ウェイバーにはその区別さえつかなかった。

実際のところ、ライダーはさしたる力もこめず、ぺちん、と蚊《か》でもはたき落とす程度の加減で平手打ちを見舞ったに過ぎないのだが、小柄で脆弱な魔術師にはそれでも強烈に過ぎたらしく、ウェイバーは独楽《こま》のようにキリキリ舞いをした挙げ句、へなへなと地面に崩れ落ちた。

「狭い！　小さい！　阿呆らしい！　戦いに賭ける大望が、おのれの沽券《こけん》を示すことのみだと？　貴様それでも余のマスターか？　まったくもって嘆かわしい！」

よほど腹に据えかねたのか、ライダーは怒るどころか泣きださんばかりの呆れ顔で魔術師を喝破《かっぱ》した。

「ぁ――ぅ――」

こんなにも真っ向から、身も蓋もなく暴力に屈服させられるなど、いまだウェイバーには経験のないことだった。張られた頬の痛みより、むしろ殴られたという事実の方が、より深刻にウェイバーのプライドを打ちのめした。

顔面蒼白になりながら唇を震わすウェイバーの怒りようを、だがライダーはまったく斟《しん》酌《しゃく》しない。

「そうまでして他人に畏敬されたいというのなら、そうだな……うむ坊主、貴様はまず聖杯の力で、あと三〇センチほど背丈を伸ばしてもらえ。そのぐらい目線が高くなれば、まぁ大方の奴は見下してやれるだろうよ」

「この……この……ッ」

これ以上はないというほどの屈辱だった。ウェイバーは逆上すらも通り越し、貧血めいた眩暈《めまい》に囚われながら、全身を身震いさせていた。

許せない。どうあっても許せない。

サーヴァントの分際で、ただの従僕に過ぎぬ身の上で、この大男は完膚無《かんぷな》きほど徹底的にウェイバーの自尊心を否定した。こんな侮辱は、たとえ神であろうとも許さない。このウェイバー・ベルベットの威信にかけて――

ウェイバーは爪が掌《てのひら》を抉《えぐ》るほど握りしめた右手に――その甲を飾る三つの刻印に力を込めた。

〝令呪に告げる――聖杯の規律に従い――この者、我がサーヴァントに――〟

ライダーに……何を、どうする？

忘れたわけではない。何のために時計塔を見限り、こんな極東の片田舎《かたいなか》にまでやってきたのか。

すべては聖杯を勝ち取るために。そのためにサーヴァントを呼んだ。この英霊との関係の危機が許されるのは二度までだ。三度から後は――令呪の喪失。すなわちマスターとしての決定的敗北を意味する。

そんな重大な局面の、最初の一度が、まさか今だとでもいうのか？　まだ召喚から一時間と経っていないのに？

ウェイバーは俯《うつむ》いたまま深く深呼吸を繰り返し、持ち前の理性と打算で、胸の内の癇癪《かんしゃく》をどうにかして抑え込んだ。

焦《あせ》ってはならない。たしかにライダーの態度は許し難いが、まだこのサーヴァントはウェイバーに刃向かったわけでも、命令を無視したわけでもない。

この猛獣を打ち据えるための鞭《むち》を、ウェイバーはただ三度しか振るうことができないのだ。ただ吼えられたぐらいで使ってしまえるほど、それは軽々しいものではない。

充分に平静を取り戻してから、ウェイバーはようやく顔を上げた。ライダーは相変わらず地べたに座ったまま、マスターを罵倒《ばとう》したことも、いやマスターの存在すらも忘れたかのように、背を向けて地図帳に読み入っている。その桁外れに広い背中に向けて、ウェイバーは感情を殺した声で語りかけた。

「聖杯さえ手にはいるなら、それでワタシは文句はない。そのあとでオマエが何をしようと知らん。マケドニアなり南極なり、好きなところまで飛んでいくがいい」

ふーん。と、ライダーは気のない生返事——なのかどうかも判らない大きな鼻息——を吹いただけだった。

「……ともかくだ。オマエ、ちゃんと優先順位は判ってるんだな？　真面目《まじめ》に聖杯戦争やるんだな？」

「ああもう、判っておるわい。そんなことは」

ライダーは地図帳から顔を上げ、肩越しにウェイバーを一瞥《いちべつ》しながら、さも鬱陶しそうにぼやく。

「まず手始めに六人ばかり英霊をぶちのめすところから、であろう？　しち面倒な話だが、たしかに聖杯がなければ何事も始まらん。安心せい。くだんの宝はちゃんと余が手に入れてやる」

「……」

余裕綽々《しゃくしゃく》の発言に、だがウェイバーはいまひとつ納得しきれない。

たしかにこの英霊、見かけ倒しではない。ウェイバーがマスターとして得たサーヴァント感応力で把握できる限りでも、図抜けた能力値の持ち主だ。

だが、なにもサーヴァント同士の闘争が腕相撲で競われるわけではない。いくら屈強な肉体を備えていたからといって、それで勝ち残れるほど聖杯戦争は甘くはないのだ。

「ずいぶん自信があるようだが、オマエ、何か勝算はあるのか？」

ウェイバーは敢えて挑発的に、精一杯の空威張りでライダーを睨《ね》めつけた。自分はマスターなのだから、サーヴァントに対して高圧的な態度を取るのは当然であろう、という主張も込めて。

「つまり貴様は、余の力が見たい、と？」

するとライダーは、これまでとはうって変わって静かな、どことなく不安にさせられる抑揚のない口調で、ウェイバーの視線を受け止めた。

「そ、そうだよ。当然だろ？　オマエを信用していいのかどうか、証明してもらわないとな」

「フン——」

鼻で笑って、巨漢のサーヴァントは腰の剣を鞘から抜き払った。豪壮な拵えの宝剣ではあったが、それ自体からは宝具と思えるほどの魔力は感じられない。だが剣を手にしたライダーの剣呑な雰囲気に、やにわにウェイバーは不安になった。まさか、生意気な口を利いたからって斬られるんじゃあ……?

震え上がるマスターを一顧だにせず、ライダーは抜き身の剣を頭上に掲げ、

「征服王イスカンダルが、この一斬《いちざん》にて覇権を問う!」

そう虚空に向けて高らかに呼びかけてから、何もない空間に向けて荒々しく刃を振り下ろした。

その途端、まるで落雷のような轟音と震動が、深夜の河川敷《かせんじき》を盛大に揺るがす。

度肝を抜かれたウェイバーは、ふたたび腰を抜かして地面に転がった。ただの空振りだったはずのライダーの剣が、いったい何を斬ったのか——

ウェイバーは見た。切り裂かれた空間がぱっくりと口を開けて裏返り、そこから途轍《とてつ》もない強壮なモノが出現するさまを。

そして、ウェイバーはサーヴァントの何たるかを思い出す。

英雄を伝説たらしめるのは、その英雄という人物のみならず、彼を巡る逸話や、彼に縁《ゆかり》の武具や機器といった〝象徴〟の存在である。その〝象徴〟こそが、英霊の具現たるサー

[illegible]の隠し持つ、最後の切り札[illegible]奥義。俗に『宝[illegible]』と呼ばれる必殺兵器なのだ[illegible]

　だから——間違いない。今ライダーが虚空から出現せしめたソレ[illegible]まぎれもなく彼の宝具であろう。その存在の内に秘められた、規格外の、法外に過ぎる[illegible]力の密度は、ウェイバーとて理解できる。それはもはや人の理《ことわり》、魔術の理すら超越した[illegible]跡の理に属するものだった。

「こうやって轅《ながえ》の綱を切り落とし、余はコレを手に入れた。ゴルデ[illegible]ス王がゼウス神に捧げた供物でな。……余がライダーの座《クラス》に据えられたのも、きっと[illegible]つの評判のせいであろうな」

　さして自慢する風もなく嘯《うそぶ》くライダーではあったが、その[illegible]前にして浮かべる誇らしげな笑みは、彼が絶大なる信頼を寄せてそれを愛用して[illegible]ことの証であろう。

「だがな、これとてまだ序の口だ。余が真[illegible]はまた別にある。まぁいずれ機会があれば見せてやろう。そこまでするに値する強敵がいれば、の話だがな」

　ウェイバーは改めて、ライダーを畏怖の目で眺めた。魔術師である彼だからこそ、いま目の前にある宝具の破壊力は理解できる。近代兵器に換算すれば戦略爆撃機にも匹敵しよう。小一時間も続けて暴走させれば、新都あたりの全域は余裕で焦土《しょうど》の山にしてしまえる。

もはや疑いなく言える。このライダーこそは、ウェイバーが望みうる最強のサーヴァントだ。その威力はすでにしてウェイバーの想像を超えている。この男に倒せない敵があるとするなら、それはもう天上の神罰を以てしても降《くだ》せない存在であろう。

「おいおい坊主、そう呆《ほう》けたツラを晒していても始まらんだろうに」

底意地悪くにやつきながら、ライダーは腰を抜かしたままのマスターに声をかける。

「取り急ぎ聖杯が欲しいなら、さっさと英霊の一人や二人、居場所を突き止めて見せんかい。さすれば余がすみやかに蹂躙《じゅうりん》してくれる。……それまでは、地図でも眺めて無聊《ぶりょう》の慰《なぐさ》めとするが、まぁ文句はあるまい?」

脱魂しきった表情で、ウェイバーはゆっくりと頷いた。

－221:36:01

氷に閉ざされた、最果てのアインツベルン城。

いにしえの魔術師がひそやかに命脈を保つ、人も通わぬ深山の古城は、その日、久方ぶりに風雪から解放されていた。

空が晴れ渡るまでには到らなかったが、乳白色に霞《かす》んだ空でも雪の日よりは格段に明るい。羽ばたく鳥もいなければ青い草木もない冬の大地にも、光だけは存分にある。

こんな日は、父がどんなに忙しかろうと疲れていようと関係なく、二人で城の外の森を散歩する。それは、イリヤスフィール・フォン・アインツベルンと衛宮切嗣が取り交わした不文律の第一条だった。

「よーし、今日こそは絶対に負けないからね！」

そう意気揚々と宣言しながら、イリヤスフィールは父の先に立ち、ずんずんと森を進んでいく。深い雪を小さなブーツで苦労しいしい踏み分けながら、それでも目はせわしなく周囲の木々を窺い、何ひとつ見落とすまいと、一分の油断も隙もない。少女は今、父親との真剣勝負の真っ最中だった。

「お、見つけた。今日一個目」

背後の切嗣が、そう得意げに宣言したのを聞いて、イリヤスフィールは驚きと腹立ちに目の色を変えて振り向いた。

「うそ！　どこどこ？　わたし見落としたりしてないのに！」

真っ赤になって悔《くや》しがる愛娘《まなむすめ》に不敵な笑みを返しながら、切嗣は頭上の小枝のひとつを指さす。霜の降りたクルミの枝から、小さく慎ましやかな冬芽が覗いていた。

「ふっふっふ、先取点だな。この調子でがんがん行くぞ」

「負けないもん！　今日はぜったい負けないもん！」

冬の森で父と娘が繰り広げる競い合いは、クルミの冬芽探しである。今年のイリヤの戦績は一二勝九敗一引き分け。通算スコアはイリヤが四二七個に対し、切嗣が三七四個である。目下、イリヤの圧勝ではあるのだが、ここ数回は切嗣が怒濤《どとう》の三連勝を収め、チャンピオンに多大なプレッシャーを与えていた。

ムキになって先を急ぐイリヤスフィール。その様子を見守りながら、切嗣は苦笑いが止まらなかった。父親が見つけた冬芽がどれなのか、いちいち確認するあたり、今日は娘も必死と見える。いよいよ、今度ばかりは手の内を明かす羽目になりそうだ。

「あ、あった。イリヤも一個みーつけたっ」

はしゃぐイリヤの後ろから、切嗣は意地の悪い含み笑いを投げかける。

「ふふふ、父さんも二個目を見つけたぞ」

今度こそイリヤは、まるで水飛沫《みずしぶき》を飛ばされた猫のように跳び上がった。

「どれ？　どれ!?」

少女からしてみれば、今度ばかりはプライドに懸けて、見落としなどなかったと断言できるのであろう。事実、彼女は見落としてなどいなかった。ただ単に張り合う相手が、じつに大人げなく狡猾《こうかつ》なだけである。

一〇秒後のイリヤの反応を予期して笑いを噛み殺しながら、切嗣は〝二個目〟と宣言した冬芽を指さした。

「えー？　あの枝、クルミじゃないよ？」

切嗣が示したのは、それまでイリヤスフィールが標的外のものとして無視してきた枝である。

「いやいやイリヤ、あの枝はサワグルミといってだな、クルミの仲間なんだよ。だからあれも、クルミの冬芽だ」

狐につままれたような面持ちで二、三秒ほど黙ったあと、イリヤスフィールは真っ赤に頬を膨《ふく》らませて喚きだした。

「ずるーい！　ズルイズルイズルイ！　キリツグずっとズルしてた！」

まったくもってズルである。前々回から切嗣は、クルミの冬芽にサワグルミの冬芽を加算していた。もはやインチキというよりも詭弁《きべん》の領域の反則である。

「だってなぁ、こうでもしないと父さん勝ち目ないし」

「そんなの駄目なのっ！　キリツグだけ知ってるクルミなんてナシなの！」

憤懣やるかたないイリヤスフィールは、父親の膝をポカポカ叩きはじめる。

「ハハハ、でもイリヤ、またひとつ勉強になっただろう？　サワグルミの実はクルミと違って食べられない、って憶えておきなさい」

まるで反省の色を見せない父親にむけてイリヤスフィールは、うー、と小さな歯を剝いて脅かすように唸《うな》る。

「そういうズルイことばっかりやってたら、もうイリヤ、キリツグと遊んであげないよ！」

「そりゃ困る——ゴメンゴメン、謝るよ」

最後通牒《つうちょう》をつきつけられた切嗣は、素直に恐縮して謝った。それでようやく、イリヤスフィールも機嫌を直しはじめる。

「もうズルしないって約束する？」

「するする。もうサワグルミはなし」

でも今度はノグルミって手があるよな……と、切嗣は胸の中でほくそ笑んだ。

性《しょう》懲《こ》りのない父の心算を余所《よそ》に、まだ他人を疑うということを知らないイリヤスフィールは満足げに頷いて、えっへん、と胸を張る。

「よろしい。なら、また勝負してあげる。チャンピオンはいつでも挑戦を受けるのだ」

「はい、光栄であります。お姫様」

恭順の証として、今日の冬芽探しでは切嗣が馬になるということで話がついた。

「あははっ！　高い、高い！」

父親の肩車は、イリヤスフィールの大のお気に入りだった。彼女の足では踏み込めないような深い雪の中でも、切嗣の長い脚ならば難なく渡ってしまえる。おまけに視野も高くなり、冬芽探しにはますます有利だ。

「さぁ、しゅっぱーつ！」

「ヤーヴォール！」

切嗣は首に娘を跨《また》がらせたまま、小走りに木立の中を抜けていく。スリリングな刺激にキャッキャと声を上げてはしゃぐイリヤスフィール。

そんな、肩に掛かる重みの少なさが、父親には哀しかった。

イリヤスフィールより以前には子育ての経験などないし、子供の成長の度合いというのがどの程度のものなのか、切嗣は実感として知っているわけではない。が、今年で八歳になる娘の体重が一五キロに満たないというのは、どう考えても異常だと理解できた。

おそらくは、出産の段階で無茶な調整を受けたのが原因だろう。切嗣とアイリスフィールの愛娘は、明らかに成長が遅れていた。このまま年齢を重ねても、身体がちゃんと成人の体格に到るかどうか。

いや、むしろ期待の方が虚しい。魔術師である切嗣の知識は、すでに私情を抜きにして冷酷な見立てを済ませている。おそらく十中八九、イリヤスフィールの成長は第二次性徴《せいちょう》の前段階で止まるだろう。

それでもどうか、彼女が自分の身の上を不遇と思わないほどに、幸多くあってほしいと——そう願うのは親のエゴでしかない。が、その想いが胸を穿《うが》つときの、その痛みは、まぎれもなく切嗣という男の愛情の証でもあった。

×　　×

森のとば口でじゃれ合う父娘の小さな姿を、城の窓から見送る翡翠色《ひすいいろ》の眼差しがあった。

窓辺に佇《たたず》むその少女の立ち姿は、か弱さや儚さからは程遠い。結い上げていてもなお軽さと柔らかさが見て取れる美しい金髪と、細い体軀を包む古風なドレスは、まさしく深窓の令嬢に相応しい可憐《かれん》な記号だが、それでいて彼女の雰囲気《ふんいき》には、居合わせるだけで部屋の空気を引き締めるような、凜烈で厳格なものがある。とはいえ、その冷たさは氷の冷酷さよりむしろ、清流の爽《さわ》やかな浄気を思わせて清々しい。重く暗鬱なアインツベルン城の冬景色には、どこかそぐわない人物だった。

「何を見ているの？　セイバー」

背後からアイリスフィールに呼びかけられて、窓辺の少女――セイバーは振り向いた。

「……外の森で、ご息女と切嗣が戯《たわむ》れていたもので」

訝《いぶか》るような、困惑したような、わずかに眉根を寄せた硬い表情でありながら、それがまったく少女の美貌を損なっていない。浮ついた媚のある笑顔より、きりりと清澄に張りつめた眼差しの方がよく似合う、そんな希有な質の美人である。

この瑞々《みずみず》しい存在感が、どうして英霊の実体化した姿などと信じられようか。だが、彼女はまぎれもなく『セイバー』……聖杯が招いた七英霊のうち一人、最強の剣の座《クラス》に据えられた、歴《れっき》としたサーヴァントであった。

そんな彼女の隣に並んで、アイリスフィールは窓の外を窺う。折しもイリヤスフィールを肩車した切嗣が、森の奥へと駆け込んでいくところだった。

「切嗣のああいう側面が、意外だったのね？」

微笑するアイリスフィールに、セイバーは素直に頷いた。

彼女の位置からでは、結局、少女の顔までは見えず、かろうじて母親譲りの銀髪を目に留めたのみだったが、それでも視野から消える間際に聞こえた甲高い笑い声は、たしかに歓喜に満ち溢《あふ》れたものだった。それだけでも、遊び戯れていた父と子の仲睦《なかむつ》まじさを察するには充分だった。

「忌憚《きたん》なく言わせていただければ。私のマスターは、もっと冷酷な人物だという印象があったので」

セイバーの言葉に、アイリスフィールは困り果てた顔で苦笑した。

「まぁ、それは無理もないわよね」

召喚されてよりこのかた、セイバーはただの一度もマスターの切嗣から言葉をかけられたことがない。

サーヴァントを、あくまでマスターの下僕に過ぎない道具同然の存在として扱うのは、たしかに魔術師然として道理に適った態度かもしれない。だがそれにしても切嗣のセイバーに対する姿勢は度が過ぎていた。一切言葉を交わさず、問いかけも黙殺し、視線すら合わすことなく、切嗣は自らの呼び出した英霊を拒絶し続けた。

切嗣のそういう人もなげな態度には、セイバーもまた、面《おもて》にこそ出さなかったが内心では大いに不満を感じていたに違いない。そんな彼女が切嗣に対して懐いていた人物像が、いま城の外で愛娘と戯れている男の姿と、大きく隔たっていたのも当然であろう。

「あれが切嗣の素顔だというなら、私はマスターからよほど不興を買ったのでしょうね……」

苦々しげに呟くセイバーの表情に、いつもの端整な横顔からは窺えない本音《ほんね》が垣間見えて、アイリスフィールは思わず笑ってしまった。それを見てセイバーはますます憮然となる。

「アイリスフィール、なにも笑うことはないでしょう」

「……ごめんなさいね。召喚されたときのこと、まだ根に持ってるのかな、と思って」

「いささか。……私の姿形がみなの想像するものとは違う、というのは慣れていますが。なにも二人揃って、あれほど驚く事もないでしょう」

風格こそ颯爽《さっそう》とした威厳に満ちながら、その実、セイバーの容姿は十代半ばの少女のそれでしかない。かつて彼女が輝く召喚陣の中から立ち現れたとき、儀式に臨んでいた切嗣とアイリスフィールは揃って言葉を失った。

それもそのはず。切嗣が招いた英霊とは、男性としてその名を歴史に刻んだ偉人だったからである。

コーンウォールより出土した黄金の鞘の主、即ち、聖剣エクスカリバーの担い手として知られる唯一人の英雄王アーサー・ペンドラゴンの正体が、まさか年端《としは》もいかぬ少女であったなどとは、後世の誰が想像し得ようか。

「……確かに私は男として振る舞っていましたし、その嘘《うそ》が嘘として後の歴史に伝えられずに済んだのは本懐ですが……私があの鞘の持ち主であることを疑われたのは、正直なところ不愉快でした」

「そうは言ってもね、仕方がないのよ。あなたの伝説はあまりに有名すぎるし、それが一五〇〇年もかかって脚色されてきたんだもの。私たちが知っているアーサー王とは、イメージのギャップが凄すぎて」

苦笑いするアイリスフィールに、セイバーは不服そうに疲れた吐息をもらす。

「容姿についてとやかく言われても仕方がない。岩から契約の剣を抜いた時点で不老の魔法がかかり、私の外見年齢は止まってしまいましたし、そもそも当時の臣民は王である私の外見になど疑問を抱いたりしなかった。私に求められたのは、ただ王としての責務を果たすことだけでしたから」

それは、どれほどに苛烈な青春であったことか。

異教徒の侵攻に晒され、壊滅の危機に瀕していたブリテン国。魔術師の予言に従ってその救世主の任を負わされ、一〇の年月、一二もの会戦を常勝のうちに戦い抜いた〝龍の化身〟たる若き王。

その武勲にも拘わらず、最後には肉親の謀叛《むほん》によって王座を奪われ、ついに栄華のうちに終わることを許されなかった悲運の君主。

そんな激しくも痛ましい命運を、こんなにも華奢《きゃしゃ》な少女が背負ってきたという真相は、アイリスフィールの心にも重くのしかかる。

「切嗣には……私の正体が女であったが故に、侮《あなど》られているのでしょうか？　剣を執《と》らせるには値せず、と」

アイリスフィールの感慨を余所に、セイバーは切嗣たちが分け入っていった森の彼方を遠望しながら、乾いた声で呟く。

「それはないわ。彼にだってあなたの力は透視《み》えている。セイバーの座《クラス》を得た英霊を、そんな風に見損なうほど、あの人は迂闊《うかつ》じゃない。……彼が腹を立てているとするなら、それは別の理由でしょうね」

「腹を立てている？」

セイバーは耳ざとく聞き咎める。

「私が切嗣を怒らせたというのですか？　それこそ理解できない。彼とは未だに一度も口を利いたことがないというのに」

「だから、あなた個人に対しての怒りじゃないの。きっと彼を怒らせたのは、私たちに語り継がれたアーサー王伝説そのものよ」

もしも切嗣の呼び出した英霊が、伝承に伝え聞く通りの〝成人男性の〟アーサー王であったなら、彼はここまでサーヴァントを拒絶することはなかっただろう。ただ何の感情も交えず冷淡に、必要最低限の交渉だけで接していたに違いない。そうすれば済むところを、敢えて〝無視〟という態度を貫くというのは、裏を返せば大いに感情的な反応なのだ。

切嗣は、かつて岩に刺さった契約の剣を抜いたのが年端もいかない少女だったという真相を知った途端、アーサー王伝説のすべてに対して隠しようのない憤《いきどお》りを懐きはじめたのであろう。

「たぶんあの人は、あなたの時代の、あなたを囲んでいた人たちに対して腹を立てているのね。小さな女の子に〝王〟という役目を押しつけて良しとした残酷な人たちに」

「それは是非もないことでした。岩の剣を抜くときから、私も覚悟を決めていた」

その言葉には何の卑下《ひげ》もないらしく、セイバーの表情は依然、冷ややかに澄んでいる。

そんな彼女に、アイリスフィールは困ったように小さくかぶりを振る。

「……そんな風にあなたが運命を受け入れてしまったのが、なおのこと腹立たしいのよ。その点についてだけは、他でもないアルトリアという少女に対して怒っているかもしれないわ」

「……」

返す言葉がなくなったのか、セイバーはしばし黙して俯いた。だがすぐに顔を上げた彼女の目つきは、なおいっそう頑《かたく》なになっていた。

「それは出過ぎた感傷だ。私の時代の、私を含めた人間たちの判断について、そこまでとやかく言われる筋合いはない」

「だから黙ってるのよ。あの人は」

あっさりとアイリスフィールに受け流されて、今度こそセイバーは、む、と口ごもる。

「衛宮切嗣と、アルトリアという英雄とでは、どうあっても相容れないと――そう諦めてしまっているのね。たとえ言葉を交わしたところで、互いを否定し合うことしかできないと」

その点については、アイリスフィールもまた同意見だった。こうしてセイバーと時間を過ごすほどに、この誇り高き英霊と、切嗣という男の精神性がどれほどかけ離れたものであるかを、重ね重ね痛感する。

どちらの言い分もアイリスフィールには理解できたし、それぞれに共感できる部分もあった。だからこそこの二人が分かり合うことは決してないだろうという諦観も、またアイリスフィールの結論だった。

「……アイリスフィールには感謝しています。貴女《あなた》という女性がいなければ、私は今回の聖杯戦争に戦わずして敗北していたことでしょう」

「それはお互い様よ。私だって、夫には最後に聖杯を手にするマスターであってほしいんだから」

かねてから英霊アルトリアとの相性を危惧《きぐ》していた切嗣は、その打開策として、誰にも想像の及ばないような奇策を考案していた。

サーヴァントとマスターとの、完全なる別行動、である。

もとより両者の契約には距離的な制約があるわけではない。どんなに遠方であろうともマスターの令呪はサーヴァントを律することが可能であり、同様にサーヴァントへの魔力供給も、マスターが人事不省に陥《おちい》らない限りは継続される。それでもマスターがサーヴァントに同伴して共闘するのは、ひとえに意思の疎通《そつう》の問題だ。慎重な判断が要求される戦闘の各局面において、すべての判断をサーヴァントに託すわけにはいかない。どうあってもマスターは戦いの現場に居合わせながら、司令塔となってサーヴァントに采配を振る必要があるのだ。

切嗣がサーヴァントの行動を把握しないまま、マスター単独で行動しようというのは、無論、セイバーを信頼してのことではない。切嗣は自分の代理として、セイバーの行動を監督する役をアイリスフィールに委《ゆだ》ねたのである。

決して無謀な選択ではない。もし仮に切嗣のサーヴァントに叛意があったとしても、聖杯を求めている以上は、決してアイリスフィールを殺《あや》める気遣いはない。アイリスフィールがいない限り、セイバーはたとえ他のサーヴァントを総て倒したとしても聖杯を手にすることはできない。冬木の聖杯を降霊させるためには、アイリスフィールが隠し持つ『聖杯の器』が必要不可欠なのだ。それ故、セイバーはアイリスフィールの身柄をマスター同然に保護しぬく必然性が生じてくる。

この変則的なチーム編成は、ひとえに切嗣とセイバーとの戦術的な相性によるものだった。騎士の英霊たるセイバーは、サーヴァントとしての能力といい、宝具の性能といい、すべての面において〝真っ向勝負〟を前提とした戦士である。何よりも彼女の精神性が、それ以外の姑息《こそく》な戦術を許諾すまい。ところがマスターである衛宮切嗣が、本質的に策謀奇策を頼みとする暗殺者《ヒットマン》である以上、そんな二人が足並みを揃えて行動できる道理がない。

むしろ相性という観点から言えば、アイリスフィールこそセイバーのパートナーとして適任であろう、というのが切嗣の見立てだった。彼の妻は確かに人外のホムンクルスといえど、それでも名門アインツベルン家の一員として、生まれ持った気品と威厳とがある。騎士が忠義を尽くすべき淑女《しゅくじょ》としての風格は、まぎれもなくアイリスフィールに備わっていた。

事実、召喚より以後の数日に亘って寝食を共にしてきたセイバーとアイリスフィールは、お互いに理解を深めるにつれて敬意を交わすようになっていた。生まれてこのかた、高貴さを空気のように当たり前に呼吸してきたアイリスフィールは、セイバーが自らの時代において知る通りの〝姫君〟であったし、また育ちの良いアイリスフィールにとっても、セイバーの礼節には心地よい、しっくりと肌に馴染むものがあった。

それ故、契約上のマスターである切嗣ではなく、その妻であるアイリスフィールが〝代理マスター〟になるという申し出を、セイバーは易々《やすやす》と許諾した。彼女もまた現実問題として切嗣というマスターとの協調に不安を感じていたし、戦場で存分に剣を振るう上では、アイリスフィールの方がより主《あるじ》として相応しい、と認識していた。そして二人はサーヴァントとしての契約とは違う、騎士の礼に則《のっと》った主従の誓いを交わし、今もこうして聖杯戦争の準備を進めている。

「アイリスフィールから見た切嗣は、いったいどのような人物なのですか？」

「夫であり導き手。私の人生に意味を与えてくれた人。——でも、セイバーが聞きたいのはそういう話じゃないわよね？」

セイバーは頷く。彼女が知りたいのはアイリスフィールの主観ではなく、セイバーでは知り得ない衛宮切嗣の側面について、である。

「元を糺《ただ》せば優しい人なの。ただ、あんまりに優しすぎたせいで、世界の残酷さを許せなかったのね。それに立ち向かおうとして、誰よりも冷酷になろうとした人なのよ」

「そういう決意は、私にも理解できる。決断を下す立場に立つのであれば、人間らしい感情は切り捨てて臨まなければならない」

そういう意味では、切嗣とセイバーは似たもの同士、という見方もできなくはない。切嗣がアーサー王の英霊に向ける感情は、あるいは同族嫌悪なのかもしれない。

「聖杯の力によって世界を救済したい——そうアイリスフィールは言いましたね？　それが貴女と切嗣の願いだと」

「ええ。私のは、あの人の受け売りでしかないけれど。でもそれは命を賭す価値があることだと思うわ」

アイリスフィールの言葉に、セイバーもまた眼差しに熱を込めて頷く。

「私が聖杯に託す願いもまた同じです。この手で護りきれなかったブリテンを、私は何としても救済したい。……貴女と切嗣が目指すものは正しいと思います。誇って良い道だと」

「そう……」

微笑みながらも、アイリスフィールは曖昧《あいまい》に言葉を濁した。

誇り——それこそが、問題なのだ。

アイリスフィールの脳裏に、夫の言葉が蘇る。切嗣がセイバーと別行動を取る真意について の説明が。

『君たち二人は存分に戦場の華《はな》になってくれ。逃げ隠れせず盛大に、誰もがセイバーというサーヴァントから目を逸らせなくなるほど華やかに。

セイバーを注視するということは、つまり僕に背中を晒すのと同じ意味だからね』

……切嗣は、戦局をアイリスフィールとセイバーに託す気など毛頭ない。むしろ彼ならではの手段によって積極的に戦況を塗り替えていく心算である。敵の背後へと忍び寄る暗殺者、その罠《わな》を確実なものとするための囮《おとり》であり陽動にすぎないのが、セイバーの役回りなのだ。

固く口止めされているアイリスフィールだったが、どのみち戦いが始まれば切嗣の行動は自ずと明らかになるだろう。そうなった後で、この誇り高き清廉《せいれん》の騎士がいったい何を思うことか……今から考えるだけで、アイリスフィールは気が重くなる。

「アイリスフィール、貴女は切嗣という夫を深く理解し、そして信頼しているのですね」

アイリスフィールの憂鬱を知りもせず、セイバーは今も父娘が睦まじく戯れているのであろう窓の外の森を眺めていた。

「こうして見ていると、貴女がた夫婦が、ごく普通の家族としての幸福を得ていたらと思わずにはいられない。

でも同じように切嗣もまた、私が王でなく人としての幸を得るべきだったと感じているのなら……どちらも同じぐらいに、詮無《せんな》い望みなのでしょうね」

「……そう思って、切嗣を恨《うら》まずにいてくれる？」

「勿論《もちろん》です」

頷くセイバーの潔い面持ちに、アイリスフィールはますます、このサーヴァントを裏切っているという罪の意識を感じた。

「しかし――アイリスフィール、良いのですか？　ここで私などと話していて」

「え？」

問い返すアイリスフィールに、セイバーは、やや言いにくそうに視線を逸らす。

「つまり――ああやって切嗣のように、ご息女との別れを済ましておくべきだったのではないかと。明日には……問題の聖杯が現れるという、ニホンなる国に向けて発つのでしょう？」

「ああ、そういうこと。――いいのよ。私とあの子の間には、お別れなんて必要ないの」

アイリスフィールは静かに微笑した。それはセイバーの心遣いに対する謝意の顕《あらわ》れのようであり、それでいてどこか、心騒がされるほどに寂しく虚ろな笑顔だった。

「アイリスフィールとしての私はいなくなるけれど、それで私が消えてなくなるわけではない。彼女が大人になれば、それはちゃんと理解できるわ。あの子も私と同じ、アインツベルンの女ですからね」

「……」

アイリスフィールの言葉は謎めいていて理解しきれなかったが、それでも内に秘められた不吉な意味合いを感じ取ったセイバーは、表情を引き締めた。

「アイリスフィール、貴女は必ず生き残ります。最後まで私が守り抜く。この剣の誇りに懸けて」

厳粛な騎士の宣言を受けて、アイリスフィールは朗らかに笑って頷いた。

「セイバー、聖杯を手に入れて。あなたと、あなたのマスターのために。そのときアインツベルンは千年の宿願を果たし、私と娘は運命から解き放たれる。――貴女だけが頼りよ。アルトリア」

このときセイバーは、まだアイリスフィールの憫笑《びんしょう》の意味を理解できていなかった。

雪のように輝く銀髪と玲瓏《れいろう》な美貌の中に、あたたかな慈愛を湛《たた》えたこの女性が、果たしてどのような宿命の下に生まれついたのか——騎士がすべての真相を知るのは、まだ先の話である。

× ×

公明正大なる勝負の結果、クルミの冬芽探しはイリヤスフィールの勝利に終わり、チャンピオンの連敗は三で歯止めがかかった。加えて言うなら、アインツベルンの森にはノグルミの樹が見当たらなかった。

勝負を終えた二人は、並んでのんびりと歩きながら帰路につく。森の奥まで踏み込んだせいで、アインツベルン城の威容は靄の彼方で影絵のように霞んでいた。

「次は、キリツグが日本から帰ってきてからだね」

雪辱を果たしたイリヤスフィールが、満面の笑顔で父親を見上げる。直視できないその顔を、切嗣は精一杯の平静を装って受け止めた。

「そうだね……次こそは、父さんも負けないからな」

「うふふ、頑張らないと、もうすぐ一〇〇個まで差が開いちゃうよ？」

さも得意げな愛娘の笑顔は、多くを背負いすぎた男にとって、あまりにも酷《こく》すぎる重石《おもし》だった。

一体どうして告白することができようか。――これが娘との最後の思い出になるかもしれない、などとは。

これより待ち受ける死闘を、切嗣は決して侮ってはいない。だが是が非でも勝利だけは勝ち取る。そのためには、おのが命を擲《なげう》つことも辞さない。

ならば――ふたたびこの冬の森での遊戯を娘と約束しようにも、それは勝利の二の次でしかない。

すべてを救う。そのためにすべてを捨てる。

そう誓った男にとって、情愛とは茨《いばら》の棘《とげ》でしかない。

誰かを愛するたびに、その愛を喪う覚悟を心に秘め続けねばならないという呪い。それが衛宮切嗣の、理想の代価に背負った宿命だった。情愛は彼を責め苛むばかりで、決して癒すことはない。

なのに何故――切嗣は、白く凍てついた空と大地を見渡しながら自問する。

なぜ一人の女と、血を分けた我が子とを、こんなにも愛してしまったのか。

「キリツグとお母様のお仕事、どのぐらいかかるの？　いつ帰ってくる？」

イリヤスフィールは父親の苦悩を露知らず、弾《はず》んだ声で問いかける。

「父さんは、たぶん二週間もすれば戻ってくる。——母さんは、その、だいぶ先になると思うんだけど……」

「うん。イリヤもお母様から聞いたよ。永いお別れになる、って」

何の曇りもない顔でそう返されて、切嗣は最後のとどめとも言うべき重圧に打ちのめされた。雪道を踏み分ける膝から力が抜けかかる。

妻は覚悟した。そして娘に覚悟をさせた。

衛宮切嗣が、この幼い少女から母親を奪うのだという現実を。

「お母様は、これからはイリヤと会えなくても、ずっとイリヤの傍にいてくれるんだって。だから寂しくなんかないって、ゆうべ寝る前に教えてくれたよ。だからイリヤはこれからも、ずっとお母様と一緒なの」

「……そうか……」

そのとき切嗣は、真っ赤な血に染まったおのれの両手を意識した。

もはや幾人を殺したのかも解らない、穢《けが》れきった両の腕。この手が人並みの父親として我が子を抱きしめることなど、決して赦されないものと——そう自分を戒《いまし》めてきた。

だが、その戒めこそが逃避だったのではないか？

もはや、この子が母に抱擁《ほうよう》されることは永遠にない。そして父である切嗣までもが、その役を辞するとしたら……この先、誰がイリヤスフィールを抱きしめてやれるのか。

「——なぁ、イリヤ」

切嗣は、傍らを歩く娘を呼び止めると、腰を落として少女の背中に手を廻した。

「……キリツグ？」

八年間、こうして小さな軀《からだ》を腕に抱きしめるたびに、切嗣は胸の内でおのれの父性を疑ってきた。さも父親然として振る舞う欺瞞《ぎまん》を嫌悪し、そうせずにはいられない自分を冷笑してきた。

だがそれも終わりだ。これより先は、この子のただ一人の父親として、腕の中のぬくもりを受け入れていかねばならない。逃げることなく。偽ることなく。

「イリヤは、待っていられるかい？　お父さんが帰ってくるまで、寂しくても我慢できるかい？」

「うん！　イリヤは我慢するよ。キリツグのこと、お母様と一緒に待ってるよ」

イリヤスフィールは、今日という思い出の日を、最後まで喜びのうちに全うする気でいるのだろう。明るく弾むその声は、どこまでも悲嘆とは無縁だった。

「……じゃあ、父さんも約束する。イリヤのことを待たせたりしない。父さんは必ず、すぐに帰ってくる」

衛宮切嗣は、またひとつ重荷を負った。

愛という、総身を締め上げる茨の棘に耐えながら、彼はいつまでも我が子を固く抱きしめていた。

-221:24:48

雨生《うりゅう》龍之介《りゅうのすけ》はスプラッター映画を軽蔑していた。が、そういう娯楽の必要性には、それなりに理解があった。

ホラーの分野だけでなく、戦争映画、パニック映画、さらにはただの冒険活劇やドラマ作品に到るまで、どうして虚構の娯楽というものは飽《あ》くことなく〝人間の死〟を描き続けるのか?

それはつまり、観客は虚構というオブラートに包んだ〝死〟を観察することで、死というものの恐怖を矮小《わいしょうか》化できるから、なのだろう。

人間は〝智〟を誇り〝無知〟を恐れる。だからどんな恐怖の対象であれ、それを〝経験〟し〝理解〟できたなら、それだけで恐怖は克服され理性によって征服される。

ところが、〝死〟ばかりは……どうあっても生きているうちに経験できる事象ではない。したがって本当の意味で理解することもできない。そこで仕方なく人間は、他人の死を観察することで死の本質を想像し、擬似的に体験しようとする。

さすがに文明社会においては人命が尊重されるため、疑似体験は虚構に依らざるを得ない。が、おそらく日常茶飯事に爆撃や地雷で隣人が挽肉《ひきにく》にされているような戦火の地においては、ホラー映画など誰も見ようとはしないのだろう。

同じように、肉体的な苦痛や精神的ストレス、ありとあらゆる人生の不幸についても、虚構の娯楽は役に立つ。実際に我が身で体感するにはリスクが大きすぎるイベントであれば、それらを味わう他者を観察することで、不安を克服し解消するわけだ。――だから銀幕やブラウン管は、悲鳴と嘆きと苦悶の涙に満ちあふれている。

それはいい。理解できる。かつては龍之介も人並み以上に〝死〟というものが恐かった。特殊メイクの惨殺死体、赤インクの血飛沫と迫真の演技による絶叫で再現された〝陳腐な死〟を眺めることで、死を卑近で矮小なものとして精神的に征服できるのであれば、龍之介は喜んでホラー映画の愛好家になったことだろう。

ところが雨生龍之介という人物は、どうやら〝死〟というものの真贋《しんがん》を見分ける感性もまた、人並み以上に鋭かったらしい。彼にとって虚構の恐怖は、あまりにも軽薄すぎた。プロットも、映像も、何から何まで子供だましの安易なフェイク。そこに〝死の本質〟なんてものは微塵も感じ取れなかった。

フィクションの残虐描写が青少年に悪影響を及ぼす、などという言論をよく見かけるが、雨生龍之介に言わせれば、そんなものは笑止千万な戯言《たわごと》だ。スプラッターホラーの血と絶叫が、せめてもう少し真に迫ったものであったなら、彼は殺人鬼になどならずに済んだのかもしれないのだから。

それはただ、ただひたすらに切実な好奇心の結果だった。龍之介はどうあっても〝死〟について知りたかった。動脈出血の鮮やかな赤色、腹腔《ふくこう》の内側にあるモノの手触りと温度。それらを引きずり出されて死に至るまでに、犠牲者が感じる苦痛と、それが奏《かな》でる絶叫の音色。何もかも本物に勝るものはなかった。

殺人は罪だと人は言う。だが考えてみるがいい。この地球上には五〇億人以上もの人間が犇《ひし》めいているそうではないか。それがどれほど途方もない数字なのか、龍之介はよく知っている。子供の頃に公園で砂利の数を数えたことがあるからだ。たしか一万個かそこいらで挫折したが、あのときの徒労感は忘れようがない。人の命はその五〇万倍。しかもそれが毎日、これまた何万という単位で生まれたり死んだりしているという。龍之介の手になる殺人など、一体どれほどの重みがあるというのか。

それに龍之介は、人ひとりを殺すとなればその人物の死を徹底的に堪能《たんのう》し尽くす。ときには絶命させるまで半日以上も〝死に至る過程〟を愉しむこともある。その刺激と経験、一人の死がもたらす情報量は、取るに足らないひとつの命を生かし続けておくよりも、よほど得るところが大きかった。それを考えれば、雨生龍之介による殺人はむしろ生産的な行為と言えるのではないのか。

そういう信条で、龍之介は殺人に殺人を重ねながら各地を転々と渡り歩いた。法の裁きは恐くはなかった。手錠《てじょう》をかけられ虜囚《りょしゅう》となる感覚は——実際に何人かをそういう目に遭わせた末に——恐れるまでもない程度にきちんと〝理解〟できていたし、絞首刑も電気椅子も、どんな結末に到るものなのかは充分に〝観察済み〟だった。それでも彼が司直の追跡から逃れ続けている理由はといえば、ただ単に、自由と生命を手放してまで刑務所に行ったところで得る物など何もないからであり、それならより享楽的《きょうらくてき》に日々の暮らしを楽しむ方が、ポジティブで健康な、人として正しい生き方であろうと思っていたからだ。

彼は殺す相手の生命力、人生への未練、怒りや執着といった感情を、ありったけ絞り出して堪能する。犠牲者たちが死に至るまでの時間のうちに見せる末期《まつご》の様相は、それ自体が彼らの人生の縮図とも言える濃厚で意味深長なものばかりだった。

何の変哲もない人間が死に際に奇態な行動を見せたり、また逆に、変わり種に思えた人間が凡庸《ぼんよう》きわまりない死に方をしたり——そういった数多《あまた》の人間模様を観察してきた龍之介は、死を探究し、死に精通するのと同時に、死の裏返しである生についてもまた多くを学ぶようになっていた。彼は人を殺せば殺すほど、殺した数だけの人生について理解を深めるようになっていた。

知っているという事、弁えているという事は、それ自体が一種の威厳と風格をもたらす。そういった、自分自身に備わった人間力について、龍之介は正確に説明できるほどの語彙《ごい》を持ち合わせていなかったが——強いて要約するならば、〝COOLである〟という表現がすべてを物語る。

喩《たと》えて言うならば、小洒落《こじゃれ》たバーやクラブに通うようなものだ。そういう遊び場に慣れていないうちは空気が読めずに浮いてしまうし、愉しみ方もわからない。だが場数を踏んで立ち振る舞いのルールを身につけるようになっていけば、それだけ店の常連として歓迎され、雰囲気に馴染んでその場の空気を支配できるようになる。それがつまりCOOLな生き様、というものだ。

言うなれば龍之介は、人の生命というスツールの座り心地に慣れ親しんだ、生粋《きっすい》の遊び人だった。そうして彼は新手のカクテルを賞味するような感覚で次々と犠牲者を物色し、その味わいを心ゆくまで堪能した。

実際に比喩でも何でもなく、夜の街の享楽では、龍之介はまるで誘蛾灯《ゆうがとう》が羽虫を引き寄せるかの如く、異性からの関心を惹いた。洒脱で剽軽《ひょうきん》、そのくせどこか謎めいた居住まいから醸し出す余裕と威厳は、まぎれもない魅力となって女たちを惑わした。そういう蠱惑《こわく》の成果を、彼はいつでも酒の肴《さかな》の感覚で愉しんだし、本当に気に入った女の子については、血みどろの肉塊《にくかい》にしてしまうほど深い仲になることもしばしばだった。

夜の街はいつでも龍之介の狩り場だったし、獲物たちは決定的な瞬間まで捕食者である龍之介の脅威に気付かなかった。

あるとき、彼は動物番組で豹《ひょう》を見て、その優雅な身のこなしに魅せられた。鮮やかな狩りの手口には親近感さえ覚えた。豹という獣は、あらゆる意味で彼の規範になるCOOLな生物だった。

それ以来、龍之介は豹のイメージを自意識として持ち合わせるようになった。つねに衣服のどこかには豹柄をあしらった。ジャケットやパンツ、靴《くつ》や帽子《ぼうし》、それが派手《はで》すぎるようなら靴下や下着、ハンカチや手袋の場合もあった。琥珀色《こはくいろ》の猫目石《キャッツアイ》の指輪は、中指に塡めないときでも常にポケットに入れておき、本物の豹の牙で作ったペンダントも肌身離さず持ち歩いた。

×　　×

さて、そんな雨生龍之介という殺人鬼は、つい最近になって〝モチベーションの低下〟という由々しき事態に悩まされていた。

かれこれ三〇人あまりの犠牲者を餌食《えじき》にしてきた彼だったが、ここにきて処刑や拷問《ごうもん》の手口が、似たり寄ったりの新鮮味に欠けるものになってきたのである。すでに思いつく限りの手法を試し尽くしてしまった龍之介は、どんな獲物を嬲《なぶ》り、断末魔を見届けるのにも、もう以前ほどの感動や興奮を味わえなくなっていた。

ひとつ原点に立ち戻ろうと思い立った龍之介は、かれこれ五年ぶりになる実家に帰省し、両親が寝静まった深夜になってから裏庭にある土蔵に踏み込んだ。彼が最初の犠牲者を隠《いん》匿《とく》したのが、もはや家人たちにすら放棄されていた、その崩れかけの土蔵の中だったのだ。

五年ぶりに再会した姉は、姿形こそ変わり果てていたが、それでも龍之介が隠したそのままの場所で弟を待っていた。物言わぬ姉との対面は、しかし、これといった感慨ももたらさず、龍之介は無駄足だったかと落胆しかけたが、そのとき——蔵に詰め込まれたガラクタの山の中から、一冊の朽《く》ちかけた古書を見つけたのである。

薄い和綴《わと》じの、虫食いだらけのその本は、刷り物ではなく個人の手記だった。奥付には慶応二年とある。今から百年以上も昔、幕末期に記されたことになる。

たまたま学生時代に漢書を齧《かじ》ったことのある龍之介にとって、その手記を読み解くこと自体には何の苦もなかった。——が、その内容は理解に苦しんだ。細い筆文字で、とりとめもなく書き綴られていたのは、妖術がどうのこうのという荒唐無稽《こうとうむけい》な戯言だったのだ。しかも伴天連《バテレン》がどうのサタンがどうのという表記が散見されるあたり、どうやら西洋オカルトに関する記述らしい。異世界の悪魔に人身御供《ひとみごくう》を捧げて式神を呼び出し云々《うんぬん》というのだから、もうまるっきり伝奇小説の世界である。

江戸の末期という時代において蘭学《らんがく》は異端のジャンル。その異端の中でもさらに最異端であるオカルトの書物となると、ただの悪ふざけにしては少々度が過ぎている感もあったが、どのみち龍之介にとって、その本の記述の信憑性などは最初からどうでもいい事柄だった。実家の土蔵から出てきたオカルトの古書というだけで、すでに充分COOLでFUNKYである。殺人鬼が新たなるインスピレーションを得るには充分な刺激だったのだ。

さっそく龍之介は手記にあった〝霊脈の地〟とされる場所に拠点を移し、夜の渉猟《しょうりょう》を再開した。現代では冬木市と呼ばれるその土地に一体どういう意味があるのかは知らなかったが、龍之介は新たな殺人については雰囲気作りに重点を置くという方針で、極力、和綴じの古書の記述を忠実に再現しようと努めた。

まず最初に、夜遊び中の家出娘を深夜の廃工場で生贄にしてみたところ、これが予想以上に刺激的で面白い。まだ未経験だった儀式殺人というスタイルは、完全に龍之介を虜《とりこ》にした。病みつきになった彼は第二、第三の犯行を矢継ぎ早に繰り返し、平和な地方都市を恐怖のどん底に叩き落とした。

そうして、都合四度目の犯行――今度は住宅街の真ん中で、四人家族の民家に押し入った雨生龍之介は、今まさに凶行の真っ最中で恍惚《こうこつ》に酔いしれていたのだが、さすがに四度も同じことを繰り返していれば熱狂の度合いも冷めるのが道理で、頭の片隅では理性による警告の声が、ブツブツと耳障りに囁《ささや》きはじめていた。

いい加減、今度ばかりは羽目を外しすぎたかもしれない。

これまで龍之介は全国を股に掛けて渡り歩きながら犯行を重ねてきた。同じ土地で二回以上の殺しを重ねたことはないし、遺体の処理も周到に済ませてきた。龍之介の犠牲者のうち大半は行方不明者として今も捜索されている有様だ。

だが今回のように遺体や物証を隠しもせず、連続して事件を起こしマスコミを刺激しまくっているのは、やはり考えるほどに愚行だったと思えてならない。様式に拘りすぎたせいで、普段の慎重さを完全に忘れていた。特に今回はまずい。これまでの三回で、いつも生き血で魔法陣を描く段になって失敗して血が足りなくなったため、今度こそは完全な魔法陣を描けるようにと、少し多めに殺すことにしたのだが、やはり就寝中の一家を皆殺しというのは少々センセーショナルに過ぎたかもしれない。いよいよ警察は血眼《ちまなこ》になるだろうし、地域の住人の警戒心も段違いに増すだろう。何よりもそれは秘めやかなる〝豹〟のスタイルではない。

とりあえず、冬木市に拘るのは今夜限りでやめよう——そう龍之介は心に決めた。黒ミサ風味の演出は気に入っているので今後とも続けていきたいのだが、それも三度に一度ぐらいのペースに自重するべきかもしれない。

気持ちの整理がついたところで、あらためて龍之介は集中して儀式に専念することにした。

「♪閉じよ《みったせー》閉じよ《みったせー》閉じよ《みったして》閉じよ《みったせー》。繰り返すつどに四度——あれ、五度？　えーと、ただ満たされるトキをー、破却する……だよなぁ？　うん」

鼻歌交じりに召喚の呪文を暗唱しながら、龍之介はリビングルームのフローリングに刷毛《はけ》で鮮血の紋様を描いていく。本当なら儀式というのはもっと荘厳にやるべきなのだろうが、そんなのは辛気《しんき》くさいばかりで龍之介のスタイルではない。雰囲気重視といっても所詮は自己満足なのだし、むしろフィーリングの方が肝心《かんじん》だ。

今夜の魔法陣は、例の手記に図解されていた通りに、一発で完璧に仕上がった。こうもすんなり出来てしまうと、むしろ準備の甲斐がない。このためだけに両親と長女を殺して血を抜いておいたというのに。

「♪閉じよ《みったせー》閉じよ《みったせー》閉じよ《みったして》閉じよ《みったして》閉じよっ《みったっせっ》と。はい今度こそ五度ね。オーケイ？」

余った血は部屋の壁に適当に塗りたくってファインアートを気取ってみる。それから部屋の片隅に転がしてある生き残り——猿轡《さるぐつわ》とロープで縛り上げた小学生の男の子を振り向いて、反応を窺おうと顔を覗き込んでみたものの、幼い少年は泣きはらした瞳で、切り裂かれた姉と両親の骸《むくろ》を凝視《ぎょうし》してばかりいる。

「ねー坊や、悪魔って本当にいると思うかい？」

震える子供に問いかけながら、龍之介は芝居がかった仕草で小首を傾げる。当然、猿轡をされた子供には返答など望むべくもなく、ただ恐怖に身を竦ませることしかできない。

「新聞や雑誌だとさぁ、よくオレのこと悪魔呼ばわりしたりするんだよね。でもそれって変じゃねぇ？　オレ一人が殺してきた人数なんて、ダイナマイトの一本もあれば一瞬で追い抜けちゃうのにさ」

子供は良い。龍之介は子供が大好きだった。大人が怯えたり泣き喚いたりする様は時折ひどく無様で醜いときがあるが、その点、子供はただひたすらに愛らしい。たとえ失禁しようとも子供であれば笑って許せる。

「いや、いいんだけどさ。べつにオレが悪魔でも。でもそれって、もしオレ以外に本物の悪魔がいたりしたら、ちょっとばかり相手に失礼な話だよね。そこんとこ、スッキリしなくてさぁ。『チワッス、雨生龍之介は悪魔であります！』なんて名乗っちゃっていいもんかどうか。それ考えたらさ、もう確かめるしか他にないと思ったワケよ。本物の悪魔がいるのかどうか」

龍之介はますます上機嫌に、怯える子供の前で愛嬌《あいきょう》を振りまいた。普段は喋るのも億劫《おっくう》なのだが、とかく血を見ると――そして死に瀕《ひん》した者の前に立つと、彼は人が変わったように饒舌《じょうぜつ》になる癖があった。

末っ子を一人だけ殺さずに生かしておいたのは、血の量が三人分で充分だったというだけで、取り立てて深い意味はなかった。後々、儀式が済んでから何か他に楽しい殺し方を試してみよう、という程度に思っていたのだが——

「でもね。やっぱりホラ、万が一本当に悪魔とか出てきちゃったらさ、何の準備もなくて茶飲み話だけ、ってのもマヌケな話じゃん？　だからね、坊や……もし悪魔サンがお出ましになったら、ひとつ殺されてみてくれない？」

「……！」

龍之介の発言の異常さは、幼い子供であろうとも充分に理解できた。悲鳴も上げられぬまま、目を見開いて身を捩《よじ》りもがく子供の様を見て、龍之介はケタケタと笑い転げる。

「悪魔に殺されるのって、どんなだろうねぇ。ザクッとされるかグチャッとされるのか、ともかく貴重な経験だとは思うよ。滅多にあることじゃないし——ぁ痛ッ！」

不意に見舞った鋭い痛みが、龍之介の躁《そう》状態に水を差す。

右手の甲、だった。何の前触れもなく、まるで劇薬を浴びせられたかのような激痛があった。痛みそのものは一瞬で治まったものの、痺れるようなその余韻は、皮膚の表面に貼りついたように残っていた。

「……何、だ？　これ……」

痛みの退《ひ》かない右手の甲には、どういうわけか、入《い》れ墨《ずみ》のような紋様が、まったく心当たりのないうちに刻み込まれていた。

「……へぇ」

不気味さや不安を感じるよりも先に、龍之介の伊達男《だておとこ》としてのセンスが反応した。何だかよく解らないものの、三匹の蛇が絡み合うようなその紋様は、なにやらトライバルのタトゥーのようで、なかなかどうして洒落ている。

だが、にやけていたのも束の間、背後で空気が動くのを感じ取った龍之介は、さらに驚いて振り向いた。

風が湧《わ》いている。閉め切った屋内に、決して有り得ないほどの気流。微風にすぎなかったそれは、やがて、みるみるうちに旋風となってリビングルームに吹き荒れる。

床に描かれた鮮血の魔法陣が、いつしか燐光《りんこう》を放ちはじめているのを、龍之介は信じられない気分で凝視した。

何らかの異常が起こることは、むしろ期待していたのだが——こうもあからさまな怪現象はまったく予想の外だった。まるで龍之介が軽蔑してやまない低級なホラー映画のような、大げさすぎる演出。子供騙《だま》しのようなその効果が笑うに笑えないのは、それが紛れもなく現実だったからだ。

もはや立っているのも危うくなるほどの突風は竜巻のように室内を蹂躙し、テレビや花瓶といった調度品を吹き飛ばして粉砕していく。光る魔法陣の中央には靄状のものが立ち上り、その中で小さな稲妻が火花を散らしはじめる。この世のものとは思えない光景を、だが雨生龍之介はまったく怖じることなく、手品に見入る子供のように期待に胸躍らせながら見守った。

未知なるものの幻惑――

かつて〝死〟という不思議の中に見出した蠱惑。そして飽くほどに重ねた殺人の果てに、いつしか見失っていたその輝きが、今――

閃光。そして落雷のような轟音。

衝撃が龍之介の身体を駆け抜けた。それはまさに高圧電流に灼《や》かれるかのような感覚だった。

かつて雨生という一族に伝えられていた異形の力。今は子孫にすら忘れ去られ、それでもなお連綿と継がれてきた血によって、今日この日まで龍之介の中に眠り続けてきた『魔術回路』という神秘の遺産が、いま津波に押し流されるかのようにして解放された。そして龍之介に流入した〝外なる力〟は、たったいま彼の中に開通したばかりの経路を循環し、それから再び外部へと流れ出て、異界より招かれたモノへと吸い込まれていく。

――いわば、それは例外中の例外だった。

もとより冬木の聖杯は、それ自身の要求によって七人のサーヴァントを必要とする。資質ある者がサーヴァントを招き、マスターの資格を得るのではない。聖杯が資質ある者を七人まで選抜するのである。

英霊を招き寄せる召喚もまた、根本的には聖杯によるもの。魔術師たちが苦心して儀式を執り行うのも、より確実に、万全を期してサーヴァントとの絆を築くための予防策でしかない。たとえ稚拙《ちせつ》な召喚陣でも、呪文の詠唱が成されなくても、そこに依り代としてその身を差し出す覚悟を示した人間さえ居るのなら、聖杯の奇跡は成就する……

「——問おう」

立ちこめる靄の中から、細く柔らかい、それでいて不思議なほどよく通る声が呼びかけてきた。

いつしか風は止んでいた。光を放っていた魔法陣の輝きも今は消え、床に描かれた鮮血は、まるで焼《や》け焦《こ》げたかのように黒ずんで干涸《ひか》らびている。そうして薄れゆく靄の中、先の声の主が忽然《こつぜん》と龍之介の前に姿を現した。

まだ若いらしく皺ひとつない顔。ぎょろりと剝いた大きな双眸に、てらてらと脂《あぶら》ぎった頰。土気色の顔色もあいまって、龍之介はムンクの絵画を連想した。

服装もまた奇異である。雲を突くような長身を、ゆったりと幾重《いくえ》にも重ねたローブに包み、豪奢《ごうしゃ》な貴金属の留め具で飾ったそのスタイルは、まさに漫画の中に出てくる〝悪の魔法使い〟そのものだ。

「我を呼び、我を求め、キャスターの座《クラス》を依り代に現界せしめた召喚者……貴殿の名をここに問う。其《そ》は、何者なるや？」

「……」

龍之介は少しだけ返答に窮《きゅう》した。血の召喚陣から稲妻と煙とともに出現した――にしては思いのほか普通の人間である。具体的にこれといった姿形を期待していたわけでもないのだが、それが仰々《ぎょうぎょう》しい怪物でなく、ごく普通の人間の容姿をしていたことに、むしろ龍之介は途方に暮れた。たしかに服装こそ奇妙《きみょう》奇天烈《きてれつ》ではあるが、だからといってこの男が、はたして本物の悪魔なのかどうか。

しばらく頭を掻いてから、龍之介は覚悟を決めた。

「えと、雨生龍之介っす。職業フリーター。趣味は人殺し全般。子供とか若い女とか好きです。最近は基本に戻って剃刀《かみそり》とかに凝《こ》ってます」

ローブの男は頷いた。どうにも名前以外の部分は聞き流されている風な様子だった。

「宜《よろ》しい。契約は成立しました。貴殿の求める聖杯は、私もまた悲願とするところ。かの万能の釜は必ずや、我らの手にするところとなるでしょう」

「せい――はい?」

何の事やらすぐには解らず、龍之介は小首を傾げた。そういえば確かに、土蔵で見つけた古書の中にそんなような記述があった気もする。つまらない箇所なので読み飛ばしていたのだが。

「……まぁ、小難しい話は置いといて、サ」

龍之介は軽剽《けいひょう》に手を振って、部屋の片隅に転がしてある子供を顎で指した。

「とりあえず、お近づきにご一献《いっこん》どうデスか。アレ、食べない？」

異相の男は、何の表情もない能面のような顔で、縛り上げられた子供と龍之介とを見比べる。龍之介の言葉と意図を理解しているのか、それさえも窺い知れない沈黙の間のうちに、はたと龍之介は不安に駆られた。もしかしたら失礼に当たる勧めだったかもしれない。悪魔が子供を食べるなんて、考えてみれば誰がそう決めつけたというのか。

男は無言のまま、ローブの懐《ふところ》から一冊の本を取り出した。分厚く重厚な装丁《そうてい》の、本がまだ貴重品であった時代の骨董《こっとう》古書。まさしく悪魔が持ち歩いていそうな小道具である。

その表紙を装丁する革が何なのか、龍之介は一目で看破《かんぱ》した。

「あ、スゲェ！　それ人間の皮でしょ？」

龍之介も昔、犠牲者の生皮を剝《は》いでランプシェードを作ろうとしたことがあるから見覚えがある。結局、工作の苦手な彼は途中で挫折したのだが、同じ趣向の作品を最後まで仕上げた先達がいると知っては、リスペクトせずにはいられない。

龍之介の賛辞を、男は、ちらりと一瞥《いちべつ》をくれただけで無視すると、おもむろに本を開いて手早くページを捲り、何か意味の取れない言葉を一言二言ばかり呟いてから、それで事足りたかのように本を閉じ、また懐に仕舞ってしまった。

「……？」

解せないまま見守る龍之介を余所に、男は床に転がされた男の子に歩み寄る。先刻からの怪事の連発に、少年は輪をかけて怯え、必死の様子で身を捩りながら、床を這《は》って男から逃げようとしている。

そんな子供を見つめる男の眼差しが、なぜか優しく慈愛に満ちているのに気がついて、龍之介はますます困惑した。どういうことだろうか。

「——怖がらなくていいんだよ。坊や」

異相の怪人は、その面貌に不釣り合いなほど柔和で静かな声で、男の子に語りかけた。

囚われの少年は、ここでようやく相手の温情に満ちた表情に気がついたのか、暴れるのをやめ、縋《すが》るような眼差しで男の表情を窺う。

それに応じるように、男は微笑して頷くと、腰を屈めて少年に手を伸ばし——縛《いまし》めのロープと猿轡を、優しく解いて外してやる。

「立てるかい?」

まだ半分腰の抜けたような有様の少年を助け起こし、男は励ますように背中を撫でてやった。

龍之介は、もちろんこの男が悪魔であることを露《つゆ》ほども疑わなかったが、それにしても子供の過し方についてはまったく釈然《しゃくぜん》としなかった。まさか本当に、命を救うつもりなのだろうか?

それにしてもこの男、見れば見るほど奇妙な風貌である。黙っているときは亡者じみた恐ろしげな顔立ちが、笑うと途端に邪気のない、まるで聖者のように清らかな表情になる。

「さぁ坊や、あそこの扉から部屋の外に出られる。周りを見ないで、前だけを見て、自分の足で歩くんだ。——一人で、行けるね？」

「……うん……」

健気に頷く少年に、男は満面の笑顔で頷くと、小さな背中をそっと押しやった。

少年は言われた通り小走りに、両親と姉の死体には目もくれず、血まみれのリビングを横断する。扉の外の廊下には、二階へ上る階段と玄関。そこまで行けば彼は殺人鬼の手から逃れ、生き延びることが叶うだろう。

「なぁ、ちょっと……」

さすがに見かねて声をかけた龍之介を、男は素早く手で遮《さえぎ》って制止した。勢いに呑まれた龍之介は、気を揉みながらも為す術もなく、逃げていく子供の背中を見送るしかない。

少年がドアを開け、廊下に出る。目の前には玄関の扉。さっきまで恐怖の色だけに塗り込められていた瞳が、そのとき、ようやく安堵《あんど》と希望で輝きを取り戻す。

次の刹那《せつな》に、クライマックスは待ち受けていた。

玄関を向いた少年は、ちょうど階段に背を向けていた。その階段の上、リビングルームからは見えない二階の踊り場の辺りから、いきなり何かが雪崩《なだれ》を打って階下の少年に襲いかかったのである。極太のロープの束——いや、無数の蛇《へび》の群れ——いずれとも形容しがたい生物、いや生物の器官らしきソレは、男の子の背後からくまなく全身に巻き付くや、有無を言わさぬ力でもって一瞬のうちに幼い身体を階段の上へと引きずり上げ、二階へと連れ去った。

そして——魂消《たまぎ》る絶叫。無数の生物が一斉に舌を鳴らすかのような湿った音と、細い骨を砕き折る乾いた響き。なまじ様相が見えないだけに、上階で起こっている出来事はより一層おぞましく想像力を刺激した。

その悪夢のような音色に、異相の男は目を閉ざして顔を上向け、まるで酔いしれるかのように聴き入っていた。胸に当てられた手が震えている。どうやら感動の顕れであるらしい。

だが、感極まっていたのは龍之介もまた同じ……いや、彼の場合は何が起こるのか予期していなかっただけに、よりいっそう強烈なカタルシスに見舞われていた。

「恐怖というものには鮮度があります」

みずから企てた惨事の余韻が、まだ抜けきっていないのか、悪魔は——今となっては疑いの余地もあるまい——陶然と夢見るような口調で語りはじめた。

「怯えれば怯えるほどに、感情とは死んでいくものなのです。真の意味での恐怖とは、静的な状態ではなく変化の動態——希望が絶望へと切り替わる、その瞬間のことを言う。如何《いかが》でしたか？　瑞々しく新鮮な恐怖と死の味は」

「——く——」

龍之介はすぐに言葉が出てこなかった。

階段の上で、今も子供の遺体を貪《むさぼ》り食っているらしい〃何か〃は、おそらくこの男が用意したものだろう。彼自身が血の魔法陣の中から現れ出たのと同じように。きっと最初に、あの人皮で装丁された本を開いたときに、何かが起こったに違いない。

手段そのものにも度肝《どぎも》を抜かれたが、なお素晴らしいのはその哲学である。龍之介などでは及びもつかない、創意工夫で磨き抜かれた耽美《たんび》なまでの邪悪。これほど鮮烈で感動的な〃死の美学〃を持ち合わせた存在は、もはや最大級の賛辞をもって讃えるしかない。

「COOL！　最高だ！　超COOLだよアンタ！」

気が遠くなるほどの歓喜に小躍りしながら、龍之介は男の手を握って何度も振った。親友や恋人を得たとしても、どんなセレブに出会ったとしても、これほどの感動はないだろう。殺人鬼・雨生龍之介は、この退屈な世界の中で、いま初めて心から心酔し敬愛できる人物にでくわした。

「オーケイだ！　聖杯だか何だか知らないが、ともかくオレはアンタに付いていく！　何なりと手伝うぜ。さぁ、もっと殺そう。生贄なんていくらでもいる。もっともっとCOOLな殺しっぷりでオレを魅せてくれ！」

「愉快な方ですね。貴殿は」

龍之介の感激ぶりに気をよくしたのか、男は持ち前の邪気のない笑顔で、激しい握手にやんわりと応じた。

「リュウノスケといいましたか。貴殿のような理解あるマスターを得られたのは幸先がいい。これはいよいよ、我が悲願の達成に期待が持てそうです」

――聖遺物のないまま召喚が成されたとき、それに応じる英霊はマスターと精神性の似通ったものになるという。この悪質な殺人鬼が期せずして招き寄せたのは、彼になお輪をかけて残虐な所行で後世に名を知らしめた、正真正銘の嗜虐《しぎゃく》の英霊だった。いや、その性質を踏まえるならば、英霊というよりも怨霊と呼ぶのが相応しい。

「あー、そういえば、オレまだアンタの名前を聞いてない」

ようやく肝心なところに思い至った龍之介が、馴れ馴れしく問いかける。

「名前、ですか。そうですね。この時代で通りの良い呼び名といえば……」

男は唇に指をあて、しばし考え込んだ後、

「……では、ひとまず『青髭《あおひげ》』とでも名乗っておきましょうか。以後はお見知り置きを」

そう親しみをこめて、天使のような笑顔で答えた。

こうして、第四次聖杯戦争における最後の一組――七番目のマスターとサーヴァント『キャスター』は契約を完了した。行きずりの快楽殺人鬼が、魔術師としての自覚も、聖杯戦争の意義も知らぬまま、ただの偶然だけで令呪とサーヴァントを得たのである。

運命の悪戯《いたずら》というものがあるならば、それは最悪の戯《ざ》れ事《ごと》と言ってよかっただろう。

−172:38:15

草木も眠る丑《うし》三つ時、などという表現は、魔術師とサーヴァントには当てはまらない。夜の闇の中に、どれだけ数多くの油断ならない駆け引きが交錯していることか、影の英霊たるアサシンには誰よりもつぶさに見て取れる。

とりわけ、この冬木市に集った魔術師たちにとって、関心の焦点とも言えるのは二カ所。深山町の丘に立つ間桐家と遠坂家の、いずれも劣らぬ二軒の豪壮な洋館である。

聖杯を狙うマスターの居城として、明々白々なこの二軒には、最近では監視を目的とした低級な使い魔が昼夜を問わず右往左往している。無論、館の主《あるじ》とてその程度のことは覚悟の上であり、いずれの館も敷地の中には探知と防衛を意図した結界が十重《とえ》二十重《はたえ》に張り巡らされ、魔術的な意味合いでいえば要塞化も同然の処置がなされている。

魔力を備えた人間が、主の許可なくこれらの結界に踏み込めば無事には済まないし、それはさらに膨大な魔力の塊とも言えるサーヴァントともなれば尚更である。実体、霊体を問わず、察知されることなくこの城塞級の結界を潜り抜けるのは、どう足掻《あが》いたところで無理であろう。

ただし、その不可能を可能たらしめる例外もまた存在する。アサシンのクラスが保有する気配遮断スキルがそれだ。戦闘力において秀でたものを持たない反面、アサシンは魔力の放射を限りなくゼロに等しい域まで抑えた状態で活動し、まさに見えざる影の如く標的に忍び寄ることができる。

さらに加えて、言峰綺礼のサーヴァントである今回のアサシンにとって、今夜の潜入任務はとりわけ容易だった。いま彼が潜入している庭園は、かねてから敵地と見なされていた間桐邸の敷地ではない。つい昨日までマスター綺礼の同盟者であった、遠坂時臣の邸宅なのである。

綺礼と時臣が他のマスターを欺いて水面下で手を結んでいたのは、もちろんアサシンも承知している。その密約を護るために、アサシンは幾度となくこの遠坂邸の警固を請け負ってきた。結界の配置や密度はとうの昔に確認済みだし、当然、その盲点についても熟知している。

霊体化したままの状態で、数多の警報結界を苦もなく回避して進みながら、アサシンは内心で遠坂時臣の皮肉な運命を嗤《わら》っていた。あの高慢な魔術師は、配下に従えた綺礼にかなりの信任を置いていたようだが、まさかその子飼いの犬に手を噛まれる羽目になろうとは思いもすまい。

綺礼がアサシンに時臣の殺害を命じたのは、ほんの小一時間ほども前である。何が綺礼の翻意《ほんい》を促したのかは定かでないが、おそらくは先日の、時臣によるサーヴァントの召喚が発端であろう。聞けば時臣が契約したのはアーチャーのサーヴァントだそうだが、察するに、その英霊が綺礼の想像以上に脆弱だったのかもしれない。それで時臣との協力関係にメリットがなくなったのだとすれば、今夜の綺礼の判断にも納得がいく。

『徒《いたずら》に慎重になる必要はない。たとえアーチャーと対決する羽目になろうとも恐れる必要はない。すみやかに遠坂時臣を抹殺しろ』

それがマスター綺礼からの指示だった。おそらく戦闘能力においては最弱であろうアサシンと比してすら、〝恐るるに足らず〟と侮られるとは――時臣が召喚したアーチャーの英霊は、よほど期待を裏切った見込み違いの相手だったのであろう。

庭も半ばまで来たところで、ただ素通りするだけで済む結界の盲点はなくなった。ここから先は、物理的な手段で結界を崩し、除去しながら進む必要がある。不可視状態の霊体のままでは出来ない作業だ。

植え込みの陰に屈み込んだ姿勢で、アサシンは霊体から実体へと転位し、髑髏の仮面を被った長身痩軀の姿を露わにした。遠坂邸の結界とは気配の違う、幾多もの〝視線〟が遠くから浴びせられるのを感知する。おそらくは敷地の結界の外から遠坂邸を監視している、他のマスターたちの使い魔であろう。時臣その人に察知されない限り、出歯亀はいっさい気にする必要はない。聖杯を巡るライバルである時臣に対して、彼らがアサシンの潜入を警告する理由など有り得ない。みな競争相手の一人が早々に脱落する様子を、高みの見物とばかり見届けるだけだろう。

声もなくほくそ笑んでから、アサシンは最初の結界を結んでいる要石を動かそうとして手を伸ばし――

次の瞬間、稲妻のように光り輝きながら真上から飛来した槍に、その手の甲を刺し貫かれていた。

「……ッ⁉」

激痛、恐怖、そしてそれに勝る驚愕《きょうがく》。眩《まばゆ》い槍の一撃を予期すらしなかったアサシンは、信じられない思いで頭上を振り仰ぎ、投手の姿を捜す。

いや、捜すまでもない。

遠坂邸の切妻屋根の頂に、その壮麗なる黄金の姿は立ちはだかっていた。満点の星空も、月華の光すらも恥じらうほどに、神々しくも燦然と輝くその偉容。

傷を受けた怒りも、その痛みすらも忘れ、アサシンはただその圧倒的な威圧感に恐怖した。

「地を這う虫ケラ風情が、誰の許しを得て面《おもて》を上げる？」

地に伏せたアサシンを、燃えるような真紅《しんく》の双眸で見下ろしながら、黄金の人影は冷然と、侮蔑以上の無関心でもって問い質す。

「貴様は我《オレ》を見るに能《あた》わぬ。虫ケラは虫らしく、地だけを眺めながら死ね」

黄金の人影の周囲に、さらなる輝きが無数に出現する。空中から忽然《こつぜん》と顕れたそれらは、剣であり、矛であり、一つとして同じ物はなかったものの、そのいずれもが絢爛《けんらん》たる装飾を施された宝物のような武具だった。そしてそのいずれもが、残らず切っ先をアサシンに向けていた。

勝てない。——思考ではなく本能の域から、アサシンは痛感した。

あんなモノに勝てるわけがない。勝敗を競うだけ愚かしい。

仮にもサーヴァントであるアサシンに傷を負わせた以上、あの黄金の影もまた間違いなくサーヴァント。それも遠坂邸への侵入を阻んだ以上は、時臣をマスターとする——即ち、アーチャーの英霊であろう。

アレを、恐れる必要がないと？

おのれのマスターの言質《げんち》にアサシンは逆上しかかり、そこではたと、綺礼の言葉に矛盾がなかったことを悟った。

あんなにも圧倒的な敵の前では、恐れるまでも——そう、恐怖する余地すらもなく——ただ絶望し、諦めるしか他にない。

風を切る唸りとともに、無数の輝く刃がアサシンへと降りそそぐ。

アサシンは視線を感じた。敷地の外から注視する使い魔たち。第四次聖杯戦争における最初の敗者、ただの一矢も報いることなく無様に果てるサーヴァントを、他のマスターたちが見守っている。

そして最後の瞬間に、ようやくアサシンは理解した。マスター言峰綺礼と……その盟主たる遠坂時臣の真意を。

×　　×

肉を切り裂くのみならず深々と地を穿つ、無数の宝具の轟音を、遠坂時臣は自室の安楽椅子にくつろいだまま聞き届けた。

「さて、首尾は上々……と」

独りそう呟いた魔術師の横顔を、シェードランプのそれとは違う黄金の輝きが照らし出す。

ただ居合わすだけで周囲の薄闇を払わずにはいられない黄金の立ち姿は、ついさっき屋根の上から侵入者を処刑したそれと同じである。霊体化して屋内に戻り、再び時臣の部屋で実体化したアーチャーのサーヴァントは、満足顔のマスターの傍らに、昂然と立ちはだかった。

間近に見るその姿は、堂々たる長身に、磨き抜かれた黄金の甲冑《かっちゅう》を纏ったものだった。燃え立つ炎のように逆立った金髪と、端整というには華美すぎるほど艶《つや》やかな美貌の青年。血のような真紅の双眸は明らかに人のものでなく、見つめられた者すべてを萎縮《いしゅく》させずにはおかない神秘の輝きを放っている。

「随分とつまらぬ些事に、我《オレ》を煩わせたものだな。時臣」

時臣は椅子から立つと、恭しく、かつ優雅な仕草で一礼する。

「恐縮であります。王の中の王よ」

マスターとして召喚したサーヴァントに対するには、およそ考えられる以上に謙《へりくだ》った態度といえた。だが遠坂時臣は、自らが招いたこの英霊に対して礼を尽くすことに何の躊躇もなかった。自身もまた貴き血統《とうと》を継ぐ者として、遠坂時臣は〝高貴なるもの〟の何たるかを誰よりも弁えているものと自負している。今回の聖杯戦争に勝ち抜くために時臣が召喚した、この偉大に過ぎる英霊は、下僕ではなく賓客《ひんきゃく》としてもてなすべき相手であった。

アーチャーとして現界したこの男こそ、かの『英雄王』ギルガメッシュ。古代メソポタミアに君臨した半神半人の魔人。およそ英雄としてもっとも古い起源を持つ、人類最古の王なのだ。

高貴なることを尊ぶのが時臣の信条である。令呪の支配権があろうとも、どのような体裁の契約を交わしていようとも、それで貴賤《きせん》の上下が覆《くつがえ》るものではない。たとえサーヴァントであろうとも、この黄金の青年は最上の敬意をもって遇するべき存在であった。

「今宵の仕儀は、より煩瑣《はんさ》なお手間をかけぬよう今後に備えた露払いでございます。かくして『英雄王』の威光を知らしめた今、もはや徒《いたずら》に噛みついてくる野良犬《のらいぬ》もおりますまい」

「うむ」

時臣の言い分を、アーチャーは首肯《しゅこう》して認めた。礼は尽くせど、必要以上に阿《おもね》り萎縮することのない端然とした時臣の態度は、この時代になかなか望むべくもない。それはこの英雄王も理解していた。

「しばらくは野の獣《けもの》どもを食い合わせ、真に狩り落とすべき獅子《しし》がどれなのかを見定めます。どうかそれまで、いましばらくお待ちを」

「良かろう。まだ当面は散策だけで無聊《ぶりょう》を慰められそうだ。この時代、なかなかどうして面白い」

そんなアーチャーの言い分を聞いた時臣は、内心のわずかな苛立ちを仏頂《ぶっちょう》面《づら》で糊塗《こと》した。

たしかに彼の契約したサーヴァントは英霊として最強である。が、この気儘《きまま》な好奇心による放浪癖だけは頭痛の種だった。現界してからこのかた、一夜として大人しく遠坂邸に留まっていたためしがない。今夜とて、アサシンの襲来するタイミングにあわせてアーチャーを屋敷に留め置くために、時臣はかなりの労力を説得に費やした。

「……お気に召されましたか？　現代の世界は」

「度し難いほどに醜悪だ。が、それはそれで愛《め》でようもある。

ただ肝心なのは、ここに我《オレ》の財に加えるに値するだけの宝物があるのかどうか、だ」

皮肉な笑みで嘯いてから、やおらアーチャーは赤い瞳に神威を込めて、おびやかすように時臣を見据える。

「もし、我が寵愛に値するものが何ひとつない世界であったなら――無益な召喚で我《オレ》に無駄足を踏ませた罪は重いぞ。時臣」

「ご安心を。聖杯は必ずや英雄王のお気に召すことでしょう」

時臣は怖じることなく、自信を込めて返答した。

「それは我《オレ》が検《あらた》めてから決めること。……だが、まぁ良い。当面はおまえの口車に乗ってやろう。この世の総ての財宝は我《オレ》の物。その聖杯とやらがどの程度の宝であれ、我《オレ》の許しもなしに雑種どもが奪い合うなど、見過ごせる話ではないからな」

傲岸にそう言い放つと、英雄王は踵を返し、実体化を解除して霞のように姿を消した。

『おまえの見繕う獅子とやらにも、手慰みぐらいは期待しておこう。時臣、委細は任せておくぞ』

影なき影の声に、時臣は頭《こうべ》を垂れた。ほどなく英霊の気配が室内から消えるまで、礼の姿勢は崩さなかった。

「……やれやれ」

黄金の威圧感が消え失せたところで、魔術師は深く嘆息した。

サーヴァントには、もとの英霊が保有していたスキルとは別に、現界するクラスが決定した時点で新たに付加されるクラス別スキルというものがある。アサシンの『気配遮断』やキャスターの『陣地作製』、セイバー、ライダーの『騎乗』などがそうだ。同様にアーチャーのクラスを得て現界したサーヴァントには、『単独行動』という特殊スキルが与えられる。

マスターからの魔力供給を断ったまま、ある程度の自律行動ができるというこの能力は、たとえばマスター個人が最大魔力を動員した魔術を発動したい場合や、またマスターが負傷してサーヴァントへ充分な魔力を供給できない場合などに重宝《ちょうほう》する。が、その反面、マスターは完全にサーヴァントを支配下に従えておくことが難しくなる。

アーチャーとなったギルガメッシュの単独行動スキルはAランク相当。これだけあれば現界の維持はもちろん、戦闘から宝具の使用まで、一切をマスターのバックアップなしでこなせるが……それをいいことに英雄王は、時臣の意向などお構いなしに、常日頃から勝手気ままに冬木市を闊歩する有様だった。終始経路《パス》を断たれたままの時臣は、自分のサーヴァントが何処《どこ》で何をしているのやら全く把握できない。

おのれの世界以外にはとんと興味のない時臣は、英雄王ともあろう男が、いったい何を愉しみに大衆の営みを渉猟して歩くのか、まったく理解が及ばない。

「まぁ当面のところは、綺礼に任せておけばいい。——今のところは予定通りだ」

そうほくそ笑んで、時臣は窓から庭を見下ろす。忍び込んだアサシンが果てた辺りは、過剰な破壊によって土砂が抉られ、そこだけ爆撃でもされたかのような惨状を呈していた。

×　　　×

「アサシンが——殺られた?」

あまりにも呆気ない結末に拍子抜けしながら、ウェイバー・ベルベットは目を開けた。

先程まで視覚で捉えていた遠坂邸の庭の光景とは一転して、慣れ親しんだ私室——寄生中の老夫婦宅の二階部屋に視野が戻る。さっきまで瞼の裏に見出していた映像は、使い魔にしていた鼠《ねずみ》の視覚を横取りしていたものだ。その程度の魔術であれば、ウェイバーの才覚をもってすればどうということもない。

聖杯戦争における序盤の、まず当然の策として、ウェイバーは間桐邸と遠坂邸の監視から始めていた。郊外の山林にはアインツベルンの別邸もあったのだが、北の魔術師はまだ来日していないのか、現状では蛻《もぬけ》の殻で監視するまでもない。

両家ともに、表向きはまだ何の動きも見せず、いっそのこと誰か痺れを切らせたマスターが遠坂か間桐の拠点に殴り込みをかけたりしないものかと、虚しい望みを託して監視を続けていたのだが、まさかそれが図に当たるとは思ってもみなかった。

「おいライダー、進展だぞ。さっそく一人脱落だ」

そう呼びかけても、床の上に寝そべった巨漢は「ふぅん」と気のない相槌を打つだけで、振り向く素振りさえ見せない。

「……」

ウェイバーは甚だ気にくわない。

仮にも彼の個室に——厳密には他人の家だが、この際それは置いておいて——こうもむさ苦しい筋肉達磨《だるま》が日がな一日寝転がっている有様が、ウェイバーには甚だ落ち着かなかった。用のないときは霊体化していろと命じても、ライダーは『身体のある方が心地よい』と突っぱねて、終始こうして巨体を晒している。実体化している時間が長引けば、それだけマスターがサーヴァントに供給しなければならない魔力もロスが多く、ウェイバーからしてみればたまったものではないのだが、そんな事情などライダーはお構いなしである。

なお許し難いことに、ウェイバーの貴重な魔力を食い潰してまでライダーが何をしているかといえば……実に、何もしていないのだ。こうしてウェイバーが偵察活動に励んでいた今も、さもくつろいだ風に頬杖を突いて寝転がり、のほほんと煎餅《せんべい》を齧《かじ》りながらレンタルビデオに見入っていた。こんなサーヴァントなど、普通に考えたら有り得ない。

「おい、解ってるのかよ！　アサシンがやられたんだよ。もう聖杯戦争は始まってるんだ！」

「ふぅん」

「……おい」

逆上しかかったウェイバーが声を上擦らせると、ようやくライダーは、さも面倒くさそうに半身を捻って振り向いた。

「あのなぁ、暗殺者ごときが何だというのだ？　隠れ潜むのだけが取り得の鼠なんぞ、余の敵ではあるまいに」

「……」

「それよりも坊主、凄いのはコレだ、コレ」

一転して語り口に熱を込め、ライダーはブラウン管の画像を指さす。今ビデオデッキで再生されているのは、『実録・世界の航空戦力パート4』……ライダーはこの手の軍事マニア向けの資料を、文献、映像を問わず片っ端から漁っていた。もちろん実際に調達するのはウェイバーの役目だ。さもなければ巨漢のサーヴァントは自分で本屋やビデオ屋に赴こうとするものだから、マスターとしては気が気ではない。

「ほれ、このB2という黒くてデカイやつ。素晴らしい。これを一〇機ばかり購入したいのだがどうか」

「――その金で国を買い取った方が早いぞ、きっと」

ウェイバーが捨て鉢にそう吐き捨てると、そうかぁ、とライダーは真顔のまま唸った。

「やはり問題は資金の調達か……どこかにペルセポリスぐらい富んだ都があるなら、手っ取り早く略奪するんだがのぅ」

どうやら現界してよりこのかた、ライダーは世界征服の野望に向けて現代戦のリサーチをしているらしい。聖杯から授けられる知識というものにも限度がある。たとえばステルス爆撃機一機あたりの単価なんぞは、その範疇《はんちゅう》にはないのだろう。

「取り敢えず、このクリントンとかいう男が当面の難敵だな。ダレイオス王以来の手強い敵になりそうだ」

「……」

このサーヴァントを召喚して以来、ウェイバーは胃痛が絶えない。首尾良く聖杯を手にしたとしても、その頃には胃潰瘍《いかいよう》になっているかもしれない。

目の前の巨漢の存在を意識から締め出して、ウェイバーはより前向きなことを思考することにした。

何にせよ、真っ先に脱落したのがアサシンだったというのが有り難い。自らのサーヴァントであるライダーが、戦術的には正面から勢いで押し切るタイプの戦力であることぐらい、ウェイバーも認識していた。そうなるとむしろ脅威になるのは、奇策を用いてこちらの足許を掬おうと企むような敵である。アサシンはその代表格と言えた。得体の知れなさで言えばキャスターのサーヴァントも厄介だが、姿も見せずに忍び寄ってくるアサシンこそが、当面の直接的な脅威であったのだ。

セイバー、ランサー、アーチャーの三大騎士クラス、そして暴れるだけが能のバーサーカーは、まったく恐れるに足らない。ライダーの能力と宝具をもってすれば、力押しだけで充分に勝ちを取りに行ける。あとはキャスターの正体さえ突き止めれば――

「――で、アサシンはどう殺られた?」

のっそりと起きあがって胡座を組みながら、不意打ちのように唐突にライダーがウェイバーに問いかける。

「……え？」

「だから、アサシンを倒したサーヴァントだ。見ていたのであろう？」

ウェイバーは口ごもった。たしかに見てはいたが――あれはいったい何だったのか？

「たぶんトオサカのサーヴァント……だと思う。姿恰好《すがたかっこう》といい攻撃といい、やたらと金ピカで派手な奴だった。ともかく一瞬のことで、何が何やら……」

「肝要なのはそっちだ。たわけ」

さも呆れた風な声とともに、ウェイバーの眉間《みけん》にペチンと何かが炸裂《さくれつ》した。まったく予期しなかった痛みと驚きで、腰を抜かして仰向けに転倒してしまう。

それはライダーの中指だった。曲げた指の先を親指の腹に引っかけてから弾き出す、いわゆるデコピンというやつだ。むろん力などはこもっていない。が、松の根のように硬くいかついライダーの指ともなると、それだけでウェイバーの柔肌が赤く腫《は》れ上がるほどの威力である。

またしても暴力。またしても肉体的打擲《ちょうちゃく》。恐怖と逆上がウェイバーを錯乱させ、口を利くだけの理性さえ奪い去る。自分のサーヴァントに叩かれたのはこれが二度目だ。彼自身の人生においても二度目だ。

怒りのあまり呼吸さえままならず、ウェイバーはぱくぱくと口を開閉する。そんなマスターの動転ぶりにも構わず、ライダーは深々と盛大に溜息をついた。

「あのなぁ。余が戦うとすれば、それは勝ち残って生きている方であろうが。そっちを仔《し》細《さい》に観察せんでどうする?」

「……ッ」

ウェイバーは言い返せなかった。ライダーの指摘は正論だ。家で寝転がって読書とビデオと茶菓子に明け暮れているようなサーヴァントに言われたくはなかったが、たしかに今後の問題になるのは、負けて倒された敵よりも、未だ健在な敵の方である。

「まぁ、何でも良いわ。その金ピカだか何だかを見て、気になるようなことはなかったか？」

「そ、そんなこと言ったって……」

あんな一瞬の出来事で、いったい何が解るというのか？

とりあえず、アサシンを葬《ほうむ》ったあの攻撃が宝具によるものだというのは察しがつく。使い魔の目を通しても、膨大な魔力の破裂を見て取れた。

だがそれにしても、アサシンめがけて雨のように降りそそいだ武具の数は――

「……なぁライダー、サーヴァントの宝具って、普通は一つ限りだよな？」

「原則としてはな。ときには二つ三つと宝具を揃えた破格の英霊もいる。たとえばこのイスカンダルがそうであるように」

そういえば現界した夜、ライダーはウェイバーに宝具を見せながら、切り札は他にあると言っていた。

「まぁ、宝具を数で捉えようとするのは意味がない。知っておろうが、宝具というのは、その英霊にまつわるとりわけ有名な故事や逸話が具現化したものであって、必ずしも武器の形を取るとは限らない。〝ひとつの宝具〟という言葉が意味するのは、文字通り一個の武器かもしれないし、あるいはひとつの特殊能力、一種類の攻撃手段、といった場合もある」

「……じゃあ、剣を一〇本も二〇本も投げつける〝宝具〟っていうのも、アリか？」

「無数に分裂する剣、か。ふむ、有り得るな。それは単一の〝宝具〟として定義しうる能力だ」

「……」

そうはいうものの、アサシンを倒した攻撃はまた違う。投擲《とうてき》された武具にひとつとして同じ形のものがなかったのを、ウェイバーは使い魔の目で見届けていた。あれは分裂したのではない。それぞれが元から個別の武器だった。

やはり、あの全てが宝具だったのだろうか？　だがそれは有り得ない。地に這ったアサシンに殺到した刃物は、二つや三つといった数ではなかった。

「まぁ、良いわ。敵の正体なぞは、いずれ相見《あいまみ》えたときに知れること」

ライダーは磊落《らいらく》に笑いながら、深く考え込んでいたウェイバーの背中をひっぱたいた。衝撃に背骨から肋骨《ろっこつ》まで揺さぶられて、矮軀《わいく》の魔術師は咽《む》せかかる。今度の打撃は屈辱的ではなかったが、こういう荒々しいスキンシップは願い下げとしたいウェイバーであった。

「そ、そんなんでいいのかよ⁉」

「良い。むしろ心が躍る」

不敵な笑みで、ライダーは放言した。

「食事にセックス、眠りに戦《いくさ》――何事についても存分に愉しみ抜く。それが人生の秘訣《ひけつ》であろう」

「……」

ウェイバーはその中のどれひとつとして楽しいと思ったことがない。いや、うち二つについては経験すらない。

「さぁ、ではそろそろ外に楽しみを求めてみようか」

首筋の腱《けん》をボキボキと鳴らしながら、巨漢のサーヴァントは大きく伸びをした。

「出陣だ坊主。支度せい」

「しゅ、出陣って……どこへ？」

「どこか適当に、そこいら辺へ」

「ふざけるなよ！」

ウェイバーの怒り顔を、ライダーは立ち上がって天井に近い高みから見下ろし、微笑んだ。

「トオサカの居城を見張っていたのは貴様だけではあるまい。となればアサシンの死も既に知れ渡っていよう。これで、闇討ちを用心して動きあぐねていた連中が一斉に行動を起こす。其奴《そやつ》らを見つけた端から狩ってゆく」

「見つけて狩る、って……そんな簡単に言うけどな……」

「余はライダー。こと〝脚〟に関しては他のサーヴァントより優位におるぞ？」

嘯きながら、ライダーは腰の鞘から剣を抜き放とうとする。あの宝具を呼び出そうとしているのだと悟って、ウェイバーは慌てて制止した。

「待て待て待て！　ここじゃまずい。家が吹っ飛ぶ！」

×　　×

冬木市新都の郊外、小高い丘の上に立つ冬木教会に、その夜、予定通りの来訪者が現れた。

「――聖杯戦争の約定に従い、言峰綺礼は聖堂教会による身柄の保護を要求します」

「受諾する。監督役の責務に則って、言峰璃正があなたの身の安全を保障する。さあ、奥へ」

万事申し合わせていた両者にとっては失笑ものの茶番であったが、門前ではまだ誰の目があるかも解らない。言峰璃正は厳しい面持ちで公正なる監督役を装ったまま、同様に敗退したマスターの役廻りに甘んじている息子を、教会の中へと招き入れた。

外来居留者の多い冬木市においては、教会という施設の利用者も他の街に比べて数多く、この冬木教会は極東の地にありながら、信仰の本場である西欧なみに本格的で壮麗な構えになっている。が、一般信者たちの憩《いこ》いの場というのは表向きの擬装でしかなく、もとよりこの教会は聖杯戦争を監視する目的で聖堂教会が建てた拠点である。霊脈としての格も第三位であり、この地のセカンドオーナーである遠坂家の邸宅に匹敵するという。

当然、ここに赴任してくる神父は、マスターとサーヴァントの死闘を監督する役を負った第八秘蹟会の構成員と決まっている。即ち、三年前からこの教会で一般信者を相手に日々の祭祀《さいし》を司ってきたのは、他ならぬ言峰璃正その人であった。

「万事、抜かりなく運んだようだな」

奥の司祭室にまで綺礼を通したところで、璃正神父は演技を止めて訳知り顔で頷いた。

「父上、誰かこの教会を見張っている者は？」

「ない。ここは中立地帯として不可侵が保障されている。余計な干渉《かんしょう》をしたマスターは教会からの諫言《かんげん》があるからな。そんな面倒を承知の上で敗残者に関心を払う者など、いる道理があるまい」

「では、安泰ということですね」

綺礼は勧められた椅子に腰掛けると、深く溜息をついた。そして——

「——念のため、警戒は怠《おこた》るな。常に一人はここに配置するように」

冷ややかな命令口調で、誰にともなく語りかける。もちろん父に向けた言葉ではない。

傍らにいる璃正神父も、息子の奇怪な発言をまったく訝る素振りを見せない。

「——それと、現場の監視をしていた者は？」

「はい、私でございます」

虚空に問いかけたかに見えた綺礼の言葉に、今度は返答の声が上がった。女である。部屋の片隅にある物陰から、まるで湧いて出たかのように黒衣の女性が現れる。

綺礼も璃正も、その出で立ちには眉ひとつ動かさなかった。——が、それは本来であれば有り得ない人物を示す姿恰好の女であった。

小柄で柔らかな体格を包み込む漆黒《しっこく》のローブと、その顔に塡められた象徴的な髑髏の仮面。それは、まぎれもなく暗殺者の英霊、ハサン・サッバーハであることを示す装束である。

「アサシンの死の現場に居合わせた使い魔は、気配の異なるものが四種類おりました。少なくとも四人のマスターが、あの光景を見届けたものと思われます」

「ふむ……一人足りないか」

思案げに目を細めてから、綺礼は傍らの父を見遣る。

「父上、『霊器盤』は間違いなく、七体のサーヴァントの現界を感知していたのですね」

「ああ、相違ない。一昨日、最後の『キャスター』が現界した。相変わらずマスターからの名乗り出はないが、此度の聖杯戦争のサーヴァントはすべて出揃っているはずだ」

「そうですか……」

綺礼としては、できれば五人全員に今夜の茶番を見届けてもらいたかったのだが。

「そもそも今の局面で御三家の邸宅を監視するというのは、聖杯戦争に参加するマスターとして当然の策でございましょう」

脇に控える髑髏の女――ハサン・サッバーハでしか有り得ないはずの人物が、言葉を挟んだ。

「その程度の用心も怠るような者であれば、どのみち我らアサシンを警戒する神経など最初から持ち合わせておりますまい。結果としては問題ないかと」

「うむ」

マスターである言峰綺礼がサーヴァントを喪ったのであれば、その手に刻まれた令呪もまた、未使用のままに消滅するはずである。だが彼の筋張った手の甲には、依然、三つの聖痕が黒々と刻まれたまま残っている。

つまり……アサシンのサーヴァントは消滅していない。いま言峰親子の傍に侍る仮面の女こそが、真のハサン・サッバーハなのだろうか。

「死なせて惜しかった男か？　アレは」

そう綺礼から問いかけられた仮面の女は、冷然とかぶりを振った。

「あのザイードは、我らハサンの一員としても、取り立てて得手のない一人でした。彼奴《きゃっ》一人を喪ったところで、我々の総体には大した影響もございません。が――」

「が、何だ？」

「──大した影響でないとはいえ、それでも損失は損失でございます。言ってみれば指の一本が欠け落ちたようなもの。無益な犠牲であったとは思いたくありませぬ」

謙《へりくだ》った物言いとは裏腹に、内心ではこの女が大いに不満を懐いているのを、綺礼は耳ざとく聞き取った。もちろん無理からぬことである。

「無益ではない。指一本の犠牲で、お前たちは他のマスターをまんまと欺《あざむ》いたのだ。すでに誰もがアサシンは脱落したものと思っているだろう。これで隠身を主戦略とするお前たちが、どれだけ優位に立てたと思う？」

「はっ。仰せの通りでございます」

黒衣の女は深々と頭を垂れた。

アサシンが排除されたものと油断しきっている敵対者たちの背後に、今度こそ影の英霊は、誰一人として予期し得ない脅威となって忍び寄ることになる。いったい誰が知ろうか──敗退マスターとして教会に逃げ込んだはずの男が、今もまだ膝下にアサシンのサーヴァントを従えていようとは。

それは聖杯戦争という奇跡の競い合いにおいても、明らかに怪異な事態だった。

たしかにハサン・サッバーハという名が示すのは、単一の英霊ではない。〝山の長老〟を意味するハサンの名は、かつて〝暗殺者《アサシン》〟の語源ともなった、中東のとある暗殺者集団の頭目が襲名する称号でしかない。つまりハサンを名乗る英霊は歴史上に幾多も存在する。もちろん女のハサンがいたところで何の不思議もない。

だが大原則として、聖杯戦争に招来できるアサシンのサーヴァントはただ一人きりである。他のマスターから支配権を強奪することによって二人以上のサーヴァントを従えることも、理屈の上では不可能ではないが、だからといって二人以上のアサシンを同時に配下に置くというのは、明らかに聖杯戦争の原理を逸脱していた。

「どのような形であれ、ともかくこれで戦端は開かれたわけだ」

厳《おごそ》かに嘯く老神父の声には、揺るがぬ勝利への期待が込められていた。

「いよいよ始まるぞ、第四次聖杯戦争が。どうやらこの老骨も、今度こそ奇跡の成就を見届けられそうだな」

父の熱意とは心の温度を共有できないままに、綺礼はただ黙して、薄闇のわだかまる司祭室の片隅を見据えるばかりだった。余人にとってどうであれ、彼が期待するところの聖杯戦争は、まだ始まる兆《きざ》しすら見えていない。

そう、言峰綺礼が待ち受けるただ一人の標的——衛宮切嗣は、未だこの冬木の地に姿を現していないのだ。

あとがき

二〇〇〇年、同人ゲーム『月姫』で一世を風靡《ふうび》したサークルTYPE-MOON。彼らは次なるステージとして起業の道を選び、二〇〇四年には商業作品としての第一作『Fate/stay night』を世に問うことになる。

当時ですら多大な注目を集めたこの作品だが、それが七年後の現在にどれほどの影響を及ぼすことになるのか、正しく予見できた者はおそらく皆無ではあるまいか。

幾つもの古い枠組みが崩壊し、そして幾つもの新しい潮流が生まれた。他ならぬ私もまたその奔流《ほんりゅう》に巻き込まれ、人生の航路を大きく変更することになった一人である。

たとえ奈須《なす》きのこ、武内崇《たけうちたかし》、TYPE-MOONといった名前に聞き覚えがなくても、『Fate』というタイトルを耳にしたことのある方は多いのではないか。そして『Fate』とは何なのか知らずとも、銀と青の鎧《よろい》を身に纏《まと》った金髪の少女のイラストやフィギュアを目にしたことがある――という方も、きっと少なくない筈《はず》だ。

Fateという震撼が引き起こした津波の余波は、それほどに大きい。

創作物の影響が、作者の意図せぬ領域にまで波及する――その結果もたらされる混沌を、かつてFate/Zero執筆当時の私は快《こころよ》いものと考えてはいなかった。奈須きのこ氏が味わったであろう、作品が自らの支配力を離れて暴走することへの畏怖《いふ》と忌避《きひ》は、友人であり同業者である私にとっても他人事ではなかったからだ。

故にFateの派生物であるFate/Zeroは、Fateを知る人だけのものであってほしかった。自らFate/Zeroの書店流通を頑《かたく》なに拒み、同人誌流通のみに拘《こだわ》り続けた理由もそこにある。自ら同人誌ショップに足を運ぶような人ならば、まぁ恐らくFateが何なのか知らない、という確率は限りなく低いだろうし、ネット通販で求める商品を検索した上で購入する人もまた同上だ。しかし書店の棚に商品が並んでしまうと、そうはいかなくなる。ふと通りがかった人が表紙絵の牽引力だけで、未知の作者の作品を購入してしまう、そういう偶然の出会いが起こるべくして起こるのが書店という場所なのだ。そこに並べられた書物は誰の手に渡るか知れない以上、〝誰に読まれてもいい〟本でなければならない。一見さんお断り、などという触れ書きは通用しない。

ところが、Fate/Zeroの完結から三年。その感情にも変化が訪れた。
一番大きいのは読者の方々の感想を聞く機会が増えたことだろう。その結果驚かされたのは、こちらの意図とはまったく異なった展開——まず先にFate/Zeroを読み、それが契機となって原典に関心を懐き、Fate/stay nightをプレイしたという人が、ことのほか多かったことである。元来Fate/Zeroには物語の起点としての役割は期待していなかっただけに、拙作《せっさく》がかくも予期せぬ成果を挙げてくれたことは、正直なところ嬉《うれ》しい誤算であった。

また昨年にリリースされた『Fate/EXTRA』についても、その企画コンセプトは開発当初から小耳に挟んでおり、斬新かつ刺激的な再解釈によって再度幕を開ける聖杯戦争への期待感は私の背中を後押しするに充分なものだったし、事実としてその成果もまた素晴らしいものだった。

七年の時を経て、Fateは既に自己完結したコンテンツではなく、様々な切り口によって幾度なりとも語られる伝説のモチーフとなるまでに成長していたのだ。今後ともゲームで、活字で、映像で、令呪により英霊を駆るマスターたちの物語は次々と生み出されていくことだろう。いずれ『Fate』とは作品のタイトルではなく、とある娯楽の一ジャンルとして理解されるまでになるのだろう。そしてその世界をより豊かに賑わせるためならば、入り口は広く大きく、そして数多《あまた》あるに越したことはない。

斯様《かよう》な認識に至った結果、私は『Zero』のＴＶアニメ化と、それに伴う文庫化、書店流通を許諾《きょだく》した。元来は『stay night』というメインディッシュの後に差し出すデザートとして用意した料理だが、それが堅苦しいコース料理でなく、ビュッフェ形式で一度にテーブルに並ぶようになったとしても、祭りの場にはむしろその方が相応《ふさわ》しいかもしれない。まずは気儘《きまま》にお好きな皿から手にとっていただきたい。他にも『EXTRA』とか『unlimited codes』とか、よりどりみどりですよ。

Fateが私の作家人生の転機となったことは前述したが、これは決して大袈裟な表現ではない。

当時抱えていた創作活動における葛藤に、私はFate/Zeroの執筆を通して答えを得た。作家としての自意識を肥大させすぎたあまり内罰的になっていた自分を、この作品は救済してくれた。「どのような作家になるか」「どういう評価を得るべきか」などという妄念など「どのような作品を書くべきか」に比べれば些事《さじ》でしかなく、そしてさらにより重要なのは「どのようにして書くべきか」という意識の持ちようだ。書き手の心が躍《おど》らずして、読み手が心を躍らせるわけがない。裏を返せば、作家が読者に届けるべきは品行方正なサービスや従順な献身などではなく、己《おのれ》の筆を駆り立てる情熱と動機そのものなのだ、と――道に迷っていた自分を今いる場所まで先導してくれたのが、このFate/Zeroだった。

時として、完全に自前のオリジナル作品を差し置いて、二次創作であるFate/Zeroが虚淵玄の代表作であるかのように言及されるのを揶揄されることもある。だが私はそこに一片の負い目も不服も感じていない。この作品には持てる全てを注ぎ込んだという自負があり、その結果、努力に見合って余りあるだけの成果を私にもたらしてくれた。この本を上《じょう》梓《し》した著者として世に知られ記憶されることを、私は今なお大いに誇りとし、光栄に思っている。

通りすがりの書店で、ただ何となく本書の表紙に惹き寄せられ、そしてこの後書きの頁までお付き合いいただいた読者の方々に、ひとつ警告を差し上げる。

本作は全六巻構成となっている。もし恐悦《きょうえつ》ながら貴方が引き続き購読を決めて下さったとしても、おそらく最終巻を読み終えた後には、どうしようもなく満たされぬ飢餓感《きがかん》が残ることだろう。何故《なぜ》ならば貴方は元来デザートであった皿を前菜として口にしただけなのだから。

主菜たる『Fate/stay night』はテキストアドベンチャーゲームである。まずはテレビの隣にプレイステーション2を用意した上で、最寄りのゲームショップへと赴《おもむ》いていただきたい。『Fate/stay night [Réalta Nua]』は既にベスト盤に加わりお求めやすい価格となっている。

『Zero』で語られなかった結末、欠落した未来、渇望された答えが、そこで貴方を待っている。

Fateとは、その名の通り〝運命〟について綴られた一連の物語である。

かつて運命に従い、やがてその是非に悩む者。

かつて運命に抗《あらが》い、やがてその代償を贖《あがな》う者。

かつて運命を直視し、やがてその理由を問い糾《ただ》す者。

人は自ら望むがままには生きられない——その怒りと嘆《なげ》きに駆り立てられた闘争の物語であり、その現実を覚悟して身を擲《なげう》った者たちを、祝福する讃歌である。

目眩《めくるめ》くFateの物語世界へと貴方が踏み込むにあたって、本書が水先案内人の役割を務められたならば、著者としてこれに勝る至福はない。

二〇一一年一月　虚淵 玄

本書は、２００６年から２００７年にかけてＴＹＰＥ-ＭＯＯＮ ＢＯＯＫＳより発行された『Ｆａｔｅ／Ｚｅｒｏ』全四巻を、全六巻に分冊し、改稿のうえ文庫化したものです。

使用書体
本文————FOT-筑紫オールド明朝 Pro R＋游ゴシック体 Std D〈ルビ〉
見出し・柱——凸版ゴシック Pro W7＋Courier New Regular〈欧文・数字〉
ノンブル——ITC New Baskerville Std Roman

星海社文庫 ウ1-01

Fate《フェイト》/Zero《ゼロ》 1 第四次《だいよんじ》聖杯戦争《せいはいせんそう》秘話《ひわ》

2011年1月11日 第1刷発行
2019年11月1日 第18刷発行

定価はカバーに表示してあります

著者——虚淵《うろぶち》 玄《げん》(Nitroplus)

発行者——藤崎隆《ふじさきたかし》・太田克史《おおたかつし》

編集担当——太田克史

編集副担当——山中《やまなか》 武《たけし》

発行所——株式会社星海社
〒112-0013 東京都文京区音羽1-17-14 音羽YKビル4F
TEL 03(6902)1730 FAX 03(6902)1731
http://www.seikaisha.co.jp/

発売元——株式会社講談社
〒112-8001 東京都文京区音羽2-12-21
販売 03(5395)5817 業務 03(5395)3615

印刷所——凸版印刷株式会社
製本所——加藤製本株式会社

ISBN978-4-06-138903-8 Printed in Japan

SEIKAISHA

星々の輝きのように、才能の輝きは人の心を明るく満たす。

その才能の輝きを、より鮮烈にあなたに届けていくために全力を尽くすことをお互いに誓い合い、杉原幹之助、太田克史の両名は今ここに星海社を設立します。

出版業の原点である営業一人、編集一人のタッグからスタートする僕たちの出版人としてのDNAの源流は、星海社の母体であり、創業百一年目を迎える日本最大の出版社、講談社にあります。僕たちはその講談社百一年の歴史を承け継ぎつつ、しかし全くの真っさらな第一歩から、まだ誰も見たことのない景色を見るために走り始めたいと思います。講談社の社是である「おもしろくて、ためになる」出版を踏まえた上で、「人生のカーブを切らせる」出版。それが僕たち星海社の理想とする出版です。

二十一世紀を迎えて十年が経過した今もなお、講談社の中興の祖・野間省一がかつて「二十一世紀の到来を目睫に望みながら」指摘した「人類史上かつて例を見ない巨大な転換期」は、さらに激しさを増しつつあります。

僕たちは、だからこそ、その「人類史上かつて例を見ない巨大な転換期」を畏れるだけではなく、楽しんでいきたいと願っています。未来の明るさを信じる側の人間にとって、「巨大な転換期」でない時代の存在などありえません。新しいテクノロジーの到来がもたらす時代の変革は、結果的には、僕たちに常に新しい文化を与え続けてきたことを、僕たちは決して忘れてはいけない。星海社から放たれる才能は、紙のみならず、それら新しいテクノロジーの力を得ることによって、かつてあった古い「出版」の垣根を越えて、あなたの「人生のカーブを切らせる」ために新しく飛翔する。僕たちは古い文化の重力と闘い、新しい星とともに未来の文化を立ち上げ続ける。僕たちは新しい才能が放つ新しい輝きを信じ、それら才能という名の星々が無限に広がり輝く星の海で遊び、楽しみ、闘う最前線に、あなたとともに立ち続けたい。

星海社が星の海に掲げる旗を、力の限りあなたとともに振る未来を心から願い、僕たちはたった今、「第一歩」を踏み出します。

二〇一〇年七月七日

星海社　代表取締役社長　杉原幹之助
代表取締役副社長　太田克史

☆星海社FICTIONS
四氏激賞！
虚淵玄
奈須きのこ
三田誠
成田良悟
ダンガンロンパ／ゼロ
DANGANRONPA／ZERO
小高和剛
Illustration／小松崎類
2010年のミステリシーンを震撼させたゲーム『ダンガンロンパ』の
“前日譚”を、担当シナリオライター自らが小説化！
サイコポップ、ここに極まる——。

☆星海社FICTIONS
龍と剣
そして目くるめく
魔法の世界!。
金の瞳と鉄の剣
虚淵玄《うろぶちげん》の剛筆《ハードボイルド》が唸《うな》り、高河ゆんの絵筆が華麗《ファンタスティック》に舞う!
"虚淵玄×高河ゆん"、スーパータッグが
ファンタジーの歴史に新たな一章を刻みつける!
Gen Urobuchi
虚淵玄
Illustration/高河ゆん
最前線
星海社ウェブサイト『最前線』にて大人気連載中!!
Access Us! >>> http://sai-zen-sen.jp/

☆星海社FICTIONS
伝説、再来。
血煙が舞い、鉄鎖の音が
こだまする——
あの戦慄の
ダーク・ファンタジーが、
“虚淵玄×あきまん”の
超重量級タッグにより、
今再び伝説の幕を開ける——！
これぞ究極の“狂乱劇《エンターテイメント》”！
虚淵玄
×
あきまん
Illustration
白貌《はくぼう》の伝道師《でんどうし》